소통과 힐링의 시 29

꽃길은
우리가 만드는 거야

문화콘텐츠가 지역의 경쟁력인 시대에

　제4차 산업혁명 시대가 펼쳐지면서 우리에게는 평생학습을 통해 더욱 인간다운 삶을 펼쳐야 하는 과제가 주어졌습니다. 그에 발맞춰 평생학습에 열중하면서 그 결과물로 증포동 시집을 발간한 것을 진심으로 축하드리며 도움을 주신 관계자분들께 감사드립니다.

　독서 인구가 줄어들고 휴대용 전자기기를 통한 1차원적 콘텐츠들이 범람하는 시대에 회원님들의 문학창작 활동이 주는 의미는 더욱 깊습니다. 더군다나 증포동을 소재로 글을 쓰셨으니 회원님들의 지역사회와 문학을 향한 사랑에 경의를 표하는 바입니다.

　문화콘텐츠가 지역의 경쟁력인 시대, 증포시인회와 함께 하는 증포동의 미래를 볼 수 있어서 행복합니다. 일상에서 소소한 행복을 추구하는 노래들로 가득한 시집을 통해 진한 감동과 여운을 느끼고, '증포동'을 이해하고 더욱 사랑하며 행복을 추구할 수 있기를 바랍니다.

　언제나 지역을 위해 애쓰는 회원 여러분과 증포동 주민들께 진심으로 감사를 드리며, 항상 건강과 행운이 함께 하시기를 기원드립니다.

증포동장 한만준

서시

좋은 걸 어쩌나?
톡 터질 것 같은 고백으로
세상 다 내 것 같은 설렘으로
함께 걷는 길
그 길이
우리의 꽃길인 것을

1부
가장 지역적인 문학이
가장 세계적인 문학

증포동 육교 근처에는 智蓮 김경희 / 10

증포동 골드치과에서 智蓮 김경희 / 11

증포동 별다방에서 智蓮 김경희 / 12

증포설렁탕 안인선 / 13

오동추야 안인선 /14

내게 가장 소중한 것 엄성순 / 15

추억 속의 증포리 송명순 /17

증포천 둘레길 걷기 송명순/ 18

증포동에서 꽃 핀 사랑 송명순 / 19

증포동 시니어 일자리 이연옥 / 20

증포동에서 이연옥 / 21

증포동 짱이야 차애진 / 22

아빠 생각 이명희 / 23

소통과 힐링의 시 이명희 / 24

증포설렁탕 이명희 / 25

시창작교실 김수연 / 26

증포시인회 덕분에 김수연 / 27

증포사거리 이인환 / 28

2부
사람이 모이는 곳에는
사람을 물들이는 향기가

임규택 설렁탕 외 / 31
김경희 주름 펴다가 외 / 42
안인선 설거지 하는 남자 외 / 55
엄성순 내 마음 속의 그대여 외 / 67
송명순 엄마의 길 외 / 78
이연옥 울엄마 외 / 90
차애진 찔레꽃 외 / 101
이명희 사랑의 화수분 외 / 112
김수연 나빌레라 외 / 123
김보미 사랑국 외 / 134
오동희 흉터 외 / 145
이인환 가을의 끝자락에서 외 / 156

3부
누구나 오고 갈 수 있지만
모방할 수 없는 아름다움

들깨밭이 있는 골목 임규택 / 167

빨간 우체통 임규택 / 168

아들딸이 오는 날 임규택 / 169

백사면 자전거길에는 智蓮 김경희 / 170

이천 관고시장 智蓮 김경희 / 171

이천터미널에서 智蓮 김경희 / 172

도드람산 智蓮 김경희 / 174

이천 장날 智蓮 김경희 / 175

설봉산 꽃비 안인선 / 176

관고전통시장 떡볶이 안인선 / 177

이천터미널 안인선 / 178

성호호수 연꽃 안인선 / 180

안흥지 온천 송명순 / 181

내 친구 정원이 송명순 / 182

내가 사는 곳 엄성순 / 184

애련정 이명희 / 185

아버지가 그리울 때 이명희 / 186

코스모스처럼 이연옥 / 187

친구야 모든 길이 꽃길이다 이연옥 / 188

서경들마을 이연옥 / 189

가을 풍경 이연옥 / 190

애련정 회고 차애진 / 191

우리 동네 족욕탕 수다방 차애진 / 192

이천터미널 애환 차애진 / 193

갈산동에서 김보미 / 194

온천배미에 봄이 오동희 / 195

복하천 자전거길 이인환 / 196

복하천 안갯길 이인환 / 197

1부

가장 지역적인 문학이
가장 세계적인 문학

증포동 육교 근처에는

智蓮 김경희

나비라도 앉으면
금방 무너질 듯
살점이라고는 찾을 수 없는 형색

기계적으로
구덩이를 파고, 물을 붓고
형형색색 어린 꽃에게
시간 쥐여주는데

튀어오를 듯
둥글게 말은 육신
거무튀튀 발효 잘 된 거름과
물아일체(物我一體) 되고

빈 곳 찾을 수 없이
꼭꼭 여문 꽃길을 남겼네
흙빛 닮았던
무표정 그 남자 노인

증포동 골드치과에서

智蓮 김경희

호기 곧추세우고 병원 문을 밀었다
자신의 이름이 불리기를 기다리는
예약이 무색하리만치 기다림도 여유롭다

검사를 마치고 마주하니
잇몸이 정상인의 2/3로 임플란트는 무리
당연한 일이 당연하지가 않은 것에 대해

부모의 우월한 유전자만 골라 닮았다고
자만하던 지난날
이제야 드러난 신체의 치명적 비밀

"교정기가 제법 어울리니까 오래 하고 계세요."
의사 선생님의 막무가내 위로에
팽팽한 긴장 속에서 불편한 진실을
어수선으로 기어코 인정하였고

화들짝 어깨가 접히고 날벼락 명중된
일일 운세 크게 사나웠던
별 꼬리가 반쪽이 되는 황당이라니

증포동 별다방에서

智蓮 김경희

독감 주사 맞으려고 병원을 찾았네
생기 잃은 문을 젖혔더니 공휴일
인터넷 검색이 무색해졌네

흐리고, 햇빛, 비
갱년기 닮은 그날

도란도란 보폭 가지런히
증포동 스타벅스에 도착했지

자몽 허니 블랙 티 2잔
슈크림 가득 바움쿠헨 1개
작은 녀석 선물함에서 꺼냈어

한 달 밀린 이야기 도중
무지개가 원을 그리더라고
한번, 또 한 번, 또, 또, 또

저건 쌍무지개야, 엄마

애야, 너와 함께 있는 시간에는
엄마 눈에만 보이는 쌍무지개가
언제나 떠 있었던 걸

증포설렁탕

안인선

우리 동네에 있는 설렁탕집은 새로 지은 건물이라
예전처럼 장작불 김이 모락모락 나는 모습은 볼 수 없지만
항상 손님들로 북적거린다
어쩌다 앉을 자리가 있으면 행운이다
구석진 자리에 앉아 설렁탕 나오길 기다리는 사이에
마주앉은 이들과 오가는 정담이
설렁탕 국물같이 구수하다
뜨겁다는 말과 함께 펄펄 끓는 설렁탕이 나왔다
진한 국물에 얇게 저민 고기 몇 점
고명으로 얹은 대파 향이 진하다
김치가 명품이다
여기 찾는 또 하나의 이유다
짜지도 맵지도 않아 한 접시 더 먹는다
땀을 연신 닦으며 벌개진 얼굴로 후룩거리며
설렁탕에 빠진다
오늘도 나는 사랑에 빠진다

오동추야

안인선

증포동의 갈비집 이름이다
근처에만 가도 고기굽는 냄새로 유혹하고
테이블마다 꽉 차 앉을 자리를 기다려야 한다
잘 되는 집은 뭐가 달라도 다르다

앗, 갈비집에 웬 뻥튀기야
원두커피는 커피숍보다 맛있다
어른 아이 아이스크림으로 나팔을 분다
대기하는 손님과
식사를 마친 이들을 위한 서비스다
지나가다가 커피 한잔 빼먹어도
눈 흘기는 사람이 없다

맛도 맛이지만
인심이 더 넉넉하다
잘 되는 집은 뭐가 달라도 다르다

내게 가장 소중한 것

엄성순

내게 가장 소중한 것은 무엇인가?
아들 둘 며느리 둘 손주 둘 손녀 셋 결혼하여 떠나갔어도
그림자 같은 두 아들들 때로는 기쁜 소식을
때로는 아픈 소식을 서로 전하면서
혼자 있는 내가 아프다면 걱정이 태산 같은
아들들
아버지가 하얀 치매로 고생인데
엄마까지 아프면 안 된다고 하소연처럼 말하는 아들들
그래서 나는 생각해본다
내게 가장 소중한 것이 무엇인가?

나를 건강하게 지키는 일
사람과 같이 어울리고 운동하고
내가 좋아하는 미술도 라인댄스도 하면서
검은 구름이 하얀 구름을 삼켜버려
금방이라도 우드득 우드득 비가 내릴 것만 같아
아파트앞 커다란 느티나무 가지를 세어본다
무수히 많은 가지를 세다가 멈추고
멍하니 구름을 쳐다본다
하얀 구름을 삼켰는 데도
비는 오지 않는다

아침 일찍 일어나 같은 아파트에 사시는 수필가 언니
화가 언니 그리고 꽃을 예쁘게 가꾸시는 한 살 위인 언니
그리고 나 그리고 영리한 강아지 나나
이렇게 사람 4명 강아지 하나
이른 아침 여섯 시면 우리들은 걷기운동을 나간다
특별한 일이 없는 한 거의 같은 시간에 다 같이

증포동 개천가 자전거길을 한발 한발 내디디면
개천가의 갈대들은 흘러오는 바람결에 쓰러진 갈대들도
서있는 갈대들도 갸날픈 흔들림이 시작된다
한 시간 정도 걸으면서 노래도 하고
수다도 떨면서 나의 가장 소중한 것은 무엇인가 생각한다
건강을 지키는 것이다
그래서 증포동 갈대밭을 한걸음 한걸음 걷고 있다
오늘도 내일도
그리고 또 내일도

추억 속의 증포리

둥근달 떠오른다
고층 아파트와 아파트 사이로
달빛을 받으며 옛 증포리가 떠오른다

대우1차아파트와 스타벅스 사이로 난 길로 옛생각을 하며
배증개 동네로 들어갔다 세월 따라 변해버린 옛동네 아파트
가 들어서고 멋지고 우아한 주택들이 들어서니 옛모습이 아
련하다 초가지붕 벗겨내고 스레트지붕으로 마을 안길은 쓸
고 닦고 이꽃 저꽃 아름답게 가꾸고 통일벼 심어 쌀 증산운
동 새마을사업 힘들었지만 증포천에서 미꾸리 잡아 매운탕
끓여 먹던 시절이 주마등처럼 지나간다

배 고픈 시절에
잘 살 수 있는 희망으로
생기가 넘치던 증포리

증포천 둘레길 걷기

송명순

1.
새벽에 까치소리 반갑고
가뿐히 운동복 입고 증포초 달려간다

공무원 주민자치위원들 주민들로 가득 차고
왈츠의 몸풀이로 세포들 깨워주니
가족들 손에 손 잡고 걷는 둘레길

증포천 푸서릿길 갈대가 한들한들
떠들며 하하 호호 즐거운 분위기는
고운 빛 밝은 미소로 증포천을 밝힌다

2.
흐르는 물줄기에 풀잎들 춤을 추고
힘차게 거스르는 은빛갈 물고기떼
증포천 둘레길에는 볼거리로 행복하다

햇살은 따가웁게 내 어깨 흐들기고
목마른 사슴처럼 시냇물 따라가니
물 한 병 내밀어주는 사랑의 손 고웁다

흐르는 땀방울을 손으로 닦아내니
검붉은 얼굴에는 행복이 넘쳐나고
건강이 재산이라고 치켜드는 웃음꽃

증포동에서 꽃 핀 사랑

송명순

스물넷 부락 중에 새마을 시범부락이 된 증포리 담당 공무원
이었던 조주사 매일 출근도장만 찍고 증포리로 출장을 가는
조주사 훤칠하게 키가 크고 호남형인 조주사 증포리에도 사
윗감으로 눈독 들이는 분들도 많았지
새마을지도자댁 곱디고운 아가씨와 사랑을 키워갔던 조주사
매일 증포리에 살다시피 하다 보니 정이 들 대로 들어 예쁜
사랑의 열매를 맺었지
아들 둘을 멋지게 키우고 지금도 이천을 지키며 행복하고 멋
지게 살아가는 조주사

증포동 시니어 일자리

이연옥

아이들의 안전을 지키는
시니어들의 일자리
노년에 보람있네

건널목에 할아버지 할머니들 등굣길에 아이들을 안전하게
지켜준다 서서 일하는 것이라 힘이 들 텐데 모두 즐거운 모
습 학생들의 등굣길 안전지킴이로서 보람있어 하는 모습 할
머니 힘들지 않으세요? 아니 나는 집에 있으면 몸이 더 아퍼
운동도 되고 동료들과 수다도 떨고 재미있다 하신다

아파트 사이에 작은 공원들
아이들의 안전을 지키는
나도 노년에 보람있네

증포동에서

제2의 고향이 되었네
서울에서 이사한 지
이십 년 가까이

오른쪽으로는 드넓은 논과 밭 봄이면 개구리들의 합창 여름
이면 매미 소리 왼쪽으로는 사통팔달 대로가 뻗어 있는 곳
대형 마트 병원 다이소가 있으면 있을 것 다 있다는 딸의 말
처럼 편리하고 시를 좋아하는 분들과 함께 만나니 축복

여름엔 시원하고 겨울에 따뜻한
아파트 살다 보니
백세시대 걱정 없어라

증포동 짱이야

차애진

오늘은 또 뭘 쓸까
증포동 이야기 옮겨봐야지

복하천으로 흐르는 증포천 갈대밭 둘레길 건강 챙기니 짱이
고 겨울에는 김치 담아 나눔도 짱이고 증포동엔 맛집도 많아
짱이야 설렁탕집은 김치가 짱이고 오동추야 야한 간판과 달
리 갈비가 짱이고 가루영웅 찻집은 가성비가 짱이고 보말칼
국수는 국물이 짱이네 슬리퍼 끌고 나가 장을 보는 이마트도
짱이고 보건소 내 집 찾듯 다니는데 초대중앙교회는 주차장
을 개방하여 모든 사람이 사용할 수 있게 해주니 짱이고 새
도시 아파트 햇살 좋고 교통 좋아 짱이고 평생학습에는 시창
작교실 짱이네

오늘도 증포시인회 웃음꽃 피네
이곳에 오면 학창 시절이 오네

아빠 생각

이명희

시공부하며 쓴 '남편 생각' 읽었다
아빠의 자리 텅 빈 딸의 가슴
한 줄 시로 그리움 복받치는 듯
두 눈에 가득 눈물 고였다

웃으며 살아온 지난 날들
가슴 깊은 곳
그리움
고이 품고 살아왔구나

소통과 힐링의 시

이명희

애타는 목마름으로 피어나지 못한
작은 꽃 망울망울
시어로 톡톡 피어나는
송이 송이
그윽한 향기 함께 나누는 즐거움
황혼의 노을 같은 아름다운 인생
별처럼 반짝이는 보석들
알곡처럼 익어가는 마음들 모여
힐링이 시작되는 곳

증포설렁탕

이명희

우리네 입맛엔 탕반이 제일이여

어머니 먼저 보내시고
늘 외롭게 지내시던 아버지
기력 약해 개울 건너 논밭은 엄두도 못내시고
텃밭 몇 고랑 계절마다 싱싱한 푸성귀
화초농사 지으시며
한나절 소일하시던 아버지

가끔 뭐 잡숫고 싶으냐면
탕반이 제일이라신다
집에서 가까운 증포설렁탕
밥 한 공기 말아 국물까지 비우시며
젊은 애가 그것도 남기냐며 나무라신다

잘 익은 배추김치 깍뚜기 부추무침
언제 먹어도 한결같은 맛
이마에 땀을 훔치시며
맛있게 드시던 아버지
오늘도 설설 끓는 설렁탕에
포근한 햇살이 내려 앉는다

시창작교실

갓난아기 엄마 바라보듯
너만 보았다
너만 보였다

누워서 세상 보던 아기
뒤집더니 기어 다니고
기다리던 꽃망울은 볕이 좋아
소담하게 역할에 충실

강한 악력
운명에 이끌려
넘고 있는 12고개
오늘이 지나면
3고개만

심장 두근거림도
하늘 보던 고갯짓도
아쉬운 하루하루

증포시인회 덕분에

김수연

덕분에 새로운 분야를 접해봅니다
덕분에 닫혀있던 마음을 열어봅니다
덕분에 어려운 문제에 맞닥뜨릴 용기가 생깁니다
덕분에 응어리진 마음을 다스리는 법을 배워봅니다

덕분에 푸른 하늘을 보게 됩니다
덕분에 심장 두근거림을 느껴봅니다
덕분에 가족의 소중함을 되새겨봅니다
덕분에 빛나는 나를 발견해봅니다
덕분에 세상과 소통해봅니다
덕분에 행복합니다
덕분에
덕분에

증포사거리

이인환

증포사거리로 오세요 아빠
여기가 더 좋잖아요
딸아이의 반가운 호출
잠실행 G2100 버스정류장
서울행은 버스터미널과
이천역밖에 모르던 라떼세대 아빠에게
보건소 정류장 새 길을 일러주는 MZ세대
즐겁고 행복한 소통

그러고 보니 언제부턴가
증포사거리가 입에 착 달라붙었다
시창작교실은 평생학습 주민센터로
코로나 백신은 보건소로
순대국은 도지울토지순대국
설렁탕은 증포설렁탕
돼지갈비는 오동추야
소고기는 새로 생긴 국가공인진갈비
백숙도 삼성AS도 우체국도

옛것은 라떼세대 아빠를 따라
새것은 MZ세대 딸아이를 따라
어느새 익숙하게 입에 착 달라붙은
증포사거리에서
그래 그래 우리 이렇게
즐겁고 행복한 소통

2부

사람이 모이는 곳에는
사람을 물들이는 향기가

임규택

1948년 부산광역시에서 태어남. 동양밸브 창업, 2008년 한국작가로 등단. 이천 단월동 거주. 증포시인회 고문.

시집 『빨간 우체통』, 『고향이 보이는 창』, 『산방일기』, 『주어진 날들이 물처럼 흘러가기를』 등이 있음.

설렁탕

시장기가 그리움을 마주하고 앉는다
뚝배기 속에
어머니 얼굴이 아른거린다

정성으로 끓이고 우려낸 사랑
뼛속까지 녹여 내린 아낌없는 시간들
목 넘김의 감사가 느낌표로 흘러내린다

송골송골 콧등에 얹혀주신 체온
무었을 깨달아야 내 마음도 뽀얗게 될까
오래오래,
맛의 고향으로 기억하고 싶다.

감나무 연가

뒤란에 덩그러니 등불로 서있구나

가지마다 쏟아놓은 은하수의 봄날을 품어
아린 젖꼭지에 볕살을 물렸던 사랑

푸르르 떫었던 탄닌의 가슴앓이는
달콤하게 붉어진 어머니의 그리움이 되었다
또 한 번 길고 추운 풍경을 쉬이 견뎌야 한다

안다니 물까치들도 귀띔을 잊지 않는다
가을은 조락으로 발가벗는 쓸쓸함이 아니라
거두어 나누는 결실의 넉넉함이란다

홍시에 대롱거리는 텃새들의 노래 소리가 정겹다.

눈망울 속에 사는 연인

바람자락이
풍경을 시간으로 흔든다는 것을 느낀
어느 날부터
눈망울 한 곳에 댕기머리 늘어뜨린
연인이 세들어 살고 있음을 알았습니다

그는 동의 없이 둥지를 틀어서인지
마주할 때마다
기도하는 두 손을 내려놓지 않습니다
민망스러움도 감추려고만 합니다

변화를 받아들여야 함에도
눈가에 피는 주름의 의구심을 떨치지 못하고
본능의 오해를 설득하려 합니다

산방의 나날은
지는 해가 아름다운 착시의 거울이었다가
색 바랜 기대의 연못이 되기도 합니다
어둠이 짙어지면 눈가에 나와 앉은
그림자의 숨소리도 서럽습니다.

두물머리에 서서 세월을 뒤돌아 보다

두 영혼의 설렘은 항구에서 시작되었다
남으로 불어오는 강바람에 실려
인연을 부려놓고 파문을 일으켰던 바다
수평선 저 너머 앨버트로스를 보았던 것일까
민낯의 용기가 두려움을 밀어내고
사무침으로 닦은 청춘도 거침 없었다
소박하고 처연했던 철길 옆의 어렵사리
초행의 길 위에 새로운 길을 내기 위하여
제몫의 나이로도 빠듯했던 상흔들
시간과 제물은 눈치도 없었다
이상과 현실의 간극은
모두가 물처럼 흘러간 그리움이 되었다
열정의 우매함을 지우기 위하여
두 물 머리에 서서 세월을 뒤돌아본다
바람처럼 스쳐 가버린 반백 년….
둘이었던 물길은 서로를 버리고
한 곳을 바라보며 백발의 깊이로 흘러간다
유랑의 발원,
황혼으로 물들고 있는 바다 그곳으로.

*로뎀파크에 쉼표를 새기다

본능 속의 동그라미는 이상이었다
촘촘히 시간을 새기려 했던 나이테가
빛과 어둠의 간극으로 멈칫거린다
새로이 가야하는 길이 안타까울 이유는 없다
연륜의 눈이 긍정으로 바라보는 창을 달았으니
주어지는 시간의 여백은 여정 속의 그늘이 되어
풍경화의 명암을 완성하는 물감이 될 것이다
묵향과 언어의 신비를 품어줄 자리
한 그루 향나무로 서 있어서….
치열하게 흘린 땀의 궤적들을 씻어내고
흘러가는 구름, 산 그림자 붙들어
새소리 물소리 바람소리 함께하여
저녁으로 돌아가는 노을을 만나고 싶은 곳
로뎀파크에 쉼표를 새겨 놓았다.

* 경기도 용인에 위치한 수목장

문

전두엽으로 통하는 길엔
오랜 여닫이 문짝 하나가 달려 있다
축을 지켜내기 위하여 정첩에 박힌 나사못은
착각을 조이며 관절을 앓고 있다
상상의 매무새가
실제의 얼굴보다 더 풍요로웠던 시절에는
문받이턱이 없어
열리고 닫히는 일이 지혜의 가치가 아니었지만
융통성의 틈이 헐거워진 즈음부터
당길문으로의 진화가 시작되었다
가라앉은 목소리와 헛웃음이 부대기며
문고리와 승강이를 벌려도
가두지 못한 기억들은 숯덩이가 되어
분별력마저 내려놓은 채
이렇다 할 꾸짖음조차 없다
가끔씩
귀로 들어가서 눈으로 빠져나올
가슴 덜컹거리는 두드림만 절박할 뿐
밖으로 열리지 않는 문간엔
가까운 것이 더욱더 멀어만 보이는
안타까움이 멀뚱멀뚱 서 있다.

백목련, 봄을 기다리다

풍장된 꽃잎을 찻잔 속에 띄워놓고
볕살을 업어 우듬지를 바라다 본다
가지마다 솟대에 앉은 오리의 염원을 실어
흐드러지게 살았던 봄날의 찬란함을 음미해 본다
백발의 붓끝에 스무 해 겨울 이야기를 담아
시편의 불씨로 묵향을 피워 올린다
겹겹이 쌓았던 연정이 시리고 안타까워도
껴안은 꽃봉오리가 아직은 너무 여리다
기다림이란 색을 감추어도 빛이 있어 한곳을 바라보는 것
소생이 가까워오는 길목은 신비의 소리가 있다
계절은 왔던 길을 바람으로 지우며 돌아오고
생명들은 흙의 기억으로 다시 노래할 것이다
묵언으로 읊어놓은 순백의 연가를.

아내의 바다

생각에 파랑주의보가 발효되었다
표정이 술렁거리고 있다
나긋하고 그윽했던 얼굴에
눈꺼풀의 깜빡거림이 썰물의 더께처럼 보인다

말을 만들어 내뱉고 싶은 눈치지만
선뜻 행동으로 옮기려 하지 않는다

가끔씩, 분별할 수 없는 소리를 옹알거리며
한계를 저울질하다 기억이 언짢아지면
시야를 고정시키고
한곳을 멀뚱멀뚱 바라보는 습관을 되풀이 한다

하염없이 수평선을 응시하며
부표 찾기에 몰입하고 있는 모습이다

내려놓은 그물이 떠내려가지나 않았을까
얼기설기 꿰맨 거물코처럼
살아온 날들이 해지고 낡아도
마음은 늘 바다에 있어 넉넉하였으니
가슴으로 노를 저어 멀미를 비켜 세운다

하루의 소실점은
물때의 간격으로 반복의 물레를 돌리다 만다
아내의 바다에는 언제나 바람 잘 날이 없다.

아침바다 멍

뭍에서 떨어내지 못한 언어들이
소울음으로 널브러지다 바다로 되돌아간다
늘 그러했듯이
안타까움의 벽 앞에 서면
파도는 숨겨놓은 마음을 들여다보는 거울이었다

되새김만 쏟아 놓고 사라지는 포말들….

비우는 일이 채우는 앎이라 일러주고 싶었을까
출렁거리며 멍울을 풀어지게 하더니
쪽빛으로 파문을 색칠해주기도 한다
아무 일 없는 것처럼
뱃길을 열어 어장의 숨소리도 함께 나누어 준다

낮아서 더 깊고 넓은 곳
포용의 가슴으로 바라보이는 수평선
초기화의 지우개로
커다래진 눈동자가 하늘로 부릅뜨며 솟아오른다.

얼굴

거울에 비추지 않으면 들여다 볼 수 없음이
축복이요 용기며 열정이었을 동굴
천태만상의 얼이 들락거리다
흘린 땀방울들로 절경을 그려 놓았을까

개구쟁이가 뛰어놀았던 눈언저리엔
물결의 파문이 연못처럼 고요하고
젊음이 넘어졌다 일어선 신작로에는
가로수의 조락으로 하늘이 휑하다

솔깃함만 즐기다 나락으로 내몰린
얕은 음감들이 윙윙거리던 귓전에도
깨달음이 병풍으로 둘러쳐지고
길 가림에 아둔했던 방향감각도
바람의 곁방살이로
가부좌를 틀지 못하고 앉았으니

입 다물면 제 앎에 사그라질 혓바늘
너덜 길 얼마를 더 걸으면
엄마 젖 물고 잠들어있는 아이의 낮을
찾을 수 있을까

든든한 울타리였던 어머니와의 추억을 소환하고, 그리움을
꺼내 옮겨 적으면서 글을 쓰기 시작했다. 28년 전 애별리고
한 어머니는 막내딸을 시인으로 살게 하셨다. 나에게 詩는
어머니이다.

김경희
1962년 이천 마장면 출생. 백사면 거주. 국어국문학 전공. 서정문
학 등단. 유튜브 낭송 채널 詩詩한 詩낭송 운영자. 증포시인회 고
문.

주름 펴다가

청자 하늘빛 닮은
도톰한 줄무늬 남방

샤프란 꽃향기 촘촘히 밴
날줄과 씨줄 사이

미처 빠져나가지 못한
당신의 지나 가버린 시간이
깊은 주름으로 남았나 싶어

마음 온도 높이고
짙게 드리워진 흔적 지우려
열기 위를 함께 내달리는데

잔바람 없는 평온한 시간이기를
일념(一念)의 정성 꾹꾹 눌러
다리미질에 열중하면서

펴져라, 펴져라

빈 둥지 증후군

현관 오르는 계단 옆
오가는 바람조차 고요한데
나무의 흔들거림이 수상하다

주변 살피던 비둘기 두 마리
부지런한 날갯짓 쉴 새 없이
잔가지로 견고하게
안락한 보금자리 마련하더니

얼마 후
둥지에 여린 생명 두 마리
하이소프라노 청아하다

시도 때도 없이 먹이 사냥하여
정성으로 기르던 중
며칠 지나
푸드덕 고꾸라지듯 첫 비행 성공
땅 위로 몇몇 걸음 종종이다가

이내 움직임 사라진 비둘기 집이나
제 갈 길 찾아 품 떠난 자식으로
적막강산인 나무 주인집이나

콩 심은 곳에는 콩 나지

1.
땀방울 길게 줄지으면
달력에 표시된 복날이 아니어도
어머니는 마늘 듬뿍 넣은 닭으로
달임을 하셨다

제일 먼저 건져진 닭은
의례 아랫마을 할머니 몫으로
하얀색 법랑 냄비에 담아지면
자전거에 실려
후끈한 열기 속 바람으로 한 달음 쳤다

"할머니 눈 안 좋으시니까 뼈 발라드리고 다 드시면 그릇 가
지고 오너라"

2.
처음 맞이하는 더위인 양
연방(連方) 부채질에 열심인데

최신형 손 선풍기
살뜰한 표정으로 건네는 큰 녀석
영어 일어로 된 사용 설명서
짧지만 자상하게 번역된다

교내, 교외 장학금 받은 기념으로
마음조차 헤아리는 세심함 더해
부족한 부분 채워
선물 안기는 작은 녀석

3.
뿌려 놓은 인연 따라
피할 수도, 부정할 수도 없다는
고전 속 전해지는 이야기지만

녀석들 태어나기 전 일을
본 듯 재현하는 사실이
문득
신기하기도, 두렵기도

부당거래

온기는 사라지고
우매하게
비대해진 촉수는
엉터리 셈하기 바쁘다

너 왔으면
나도 가고
너 안 왔으면
나도 당연히 안가

사칙 연산이
능사(能事)는 아닐진대

정(情)은
오롯이
초코파이 이름으로만
팔딱인다

대차대조표

자산에서 부채를
빼기 했더니
이것 좀 봐
대추나무에 올망졸망
가지 휘도록
결실이 주렁주렁

한 톨마다
노력하고, 인내한
거름 자양분 되어 영근
색깔이며, 모양이며

저기 눈에 띤 흠집
애달픔으로 고민했던 흔적
제 얼룩으로 남았구나

상처 없는 삶 있으랴
고통 없는 영광 있으랴

결실 한 톨 맛보기
천상의 과일인 양
오묘하게 달다

뭇 별 진 자리

먼 길 떠난
그녀와의 영겁 거리
빛으로 오시려나

서성거리는 어둠 속
그리움 한 점
툭
뭇 별 내린다

이별 진 자리는
아물지 않은 상처

별 하나 품으니
그녀의 온기인가

마음에서도
눈가에서도
별 무리 쏟아낸다

당신

금빛 눈부시던 꽃 시절
검은 머리 파뿌리로
시간 경계를 넘어 선
차박 가쁜 걸음
쉼표 없는 초침이었습니다

쳇바퀴 쉬임없이 돌려서
통장에 새긴 숫자를 보고
가슴이 아려지는 건
진짐의 무게에 짓눌린
어깨의 힘겨움이
선연히 눈동자 속으로
투영되기 때문입니다

동갑내기 우정으로 만나
질기게 긴 세월 동안
반쪽의 삶을 온전하게
동그라미로 아름답게 빚어낸
존경하는 당신입니다

허락된 시간 속에서
같은 곳을 바라보며
서녘 곱게 물들이는
곰삭은 묵은지 당신이 되기를
두 손 맞잡아 원 세워봅니다

2시간 15분 동안

전달받은 행사 시간
오전 10시 30분까지 입장
느긋이 시간을 즐기는데

시작점부터 어긋나 연착된 주변 환경
등줄기 타는 여름
한겨울 진땀 차오르고

시내, 시외버스 잘못 탄 전철
묻고 물어 순환선 탔지
뜀박질하는 시간에
날아가고 싶은 마음 간절했어

행사장 주변 시청이라는 안내방송 나오고

아차차
여러 갈래 나뉜 표지판 바라보다
긴 한숨 몰아쉬고
사력(肆力)으로 달리면서도
안내판 놓칠세라 곁눈질

찾았다 출구
찾았다 행사장
덩그러니 주인 기다리던 꽃다발 한 개

어리바리 길치라도 못 할 것 없었지
영광된 자리
축하 꽃다발 건네주어야 할 엄마
작은 아들이 기다리고 있었거든

핸드폰

헤어 나올 수 없는
도도한 마력
너를 멀리해야겠다고
수많은 다짐을 하건만

아낌없이 바친 사랑
함께 있으면
현실조차 망각 되니

너를 향한 마음자리
가까이도
너무 멀게도 아닌
딱 거기까지

작심 몇십 분 후
어느 틈엔가
와이파이 앞장세우고
내 손안에 안겨
배시시

그녀도 그랬을 테지요

까치의 높은 음이 유별나게 발랄한 것은
안부가 전해지거나, 온다는 기별의 특급이거나
짐작만으로 벙그러지는 마음입니다

한나절이 지나도록 무소식은 여전해도
행여 설렘으로 오늘이 끝난다 해도
지치지 않는 기다림은 이상하지도 않습니다

바쁘게 근무할 시간일 텐데
부담이 될까 싶어
특별히 꼭 전할 이야기가 아니면
보고픈 마음을 꾹꾹 토닥입니다

저녁나절 즈음
희망 옆에 빨간색 하트 세 개로 저장한
신호음이 울리고
1박 2일 동안
집에서 지낼 거라는 소식을 전합니다

그 녀석이 좋아하는 것으로 상차림을 하려고
입꼬리 올린 줄 모른 채 시장으로 내달립니다

나의 어머니
그녀도
가없는 사랑으로 애면글면 그랬을 겁니다

벌써 한 해가 저물어 간다니
증포시인회와 함께 한 지난 시간이 아른하네요.
함께 웃고 함께 즐겼던 시간을 펼쳐봅니다.
그동안 정말 행복했고, 지금 더욱 행복합니다.

안인선
1952년 강릉에서 태어남.
이천 거주.
증포시인회 회장.

설거지 하는 남자

뽀드득 소리가 날 때까지
그릇을 닦으며
씨익 미소를 짓는다
막 내려서 내민 커피향이
흰 머리를 더욱 빛나게 한다

밥 먹을 땐 가시를 발라
사랑도 한 점 얹어주고
내가 좋아하는
반찬은 앞으로 쑤욱 밀어준다

젊었을 때는 바깥일 하느라
한 번도 해보지 않았던 일들
겉으론 냉정해 보여도
바게트빵처럼
속은 부드러운 사람
오늘도 콧노래 부르며
설거지를 한다

가시고기

손발이 부르트도록 일하시고
새벽별 보고 나가셨다
달이 떠야 돌아오시는
어머니

생선은 대가리가 맛있다고 하시면서
우리에게 하나 더 먹이려 애쓰시고
아랫목은 항상 자식에게 양보하셨던
우리 어머니

전쟁통에 보릿고개 겪으면서
자식들 잘 되는 것이
평생 소원이셨던
가시고기 같은
우리 어머니

동행

비바람이 몰아치고
눈이 와도 함께 걸어온 길
거칠어진 등을 긁어주며
인생의 허무를 느끼지만
봄날 같은 따뜻한 날이 많았소
속내를 털어내도
사이다같이 시원하고
편안한 그대
함께 해줘서 정말 고맙소
그대에 대한 기억이 희미해져도
서로를 돌봐주면 좋겠소
추억을 곱씹으며
마지막까지 함께 할
우리의 동행은
장밋빛 인생을 꿈꾸는
참 아름다운 동행

어머니와 참외

노란색만 봐도 어머니가 생각난다
어렸을 땐 못난 이도 많았는데
툇마루에 옹기종기 오남매
한 바구니 비워내니
못 생기고 덜 여문 것
한두 개 남았네
그것은 온전히 어머니의 몫
그래도 어머니 행복해 하셨네
과일가게만 보이면
어머니 미소짓고 계시네

지금

지금
이 시간이 얼마나 아깝고 귀하고 소중한가
오롯이 즐길 수만 있으면 좋겠네
까만 머리 파뿌리 되고
주름살 늘고
황혼의 문턱에 섰으나
그래도 지금이 제일 소중한 날이네

미래를 설계하고 행복해하며
젊은 날을 수놓고
지금
어르신으로 불려지는
이 시간이 얼마나
아깝고 귀하고 소중한가

먼 나라 전쟁 소식만 들어도

자동차를 타고 피난 왔다는 시부모님은
마고자 싸개 단추에 숨겨왔던 금으로
이층집도 사고 회사도 차리셨다
남들이 누리지 못한 호사 속에서도
두고 온 가족들이 그리워
자주 눈물을 흘리셨다
언제 돌아갈 수 있을까
함께 오지 못한
가족들에 대한 미안함으로 사시다
시부모님은 고향에 가지 못하고 돌아가셨다

지금은 우리도 선진국 대열에 서서
꿀꿀이죽이 아닌 햄버거 피자 스테이크
마음껏 먹을 수 있고
집집마다 자동차도 없는 집이 없다
이렇게 풍족한 삶 속에도
6월의 아픔이
뼈 속 깊이 새겨 있다

아직도 소중한 사랑

소화가 되지 않는다고 하시던 어머니
위암말기 수술을 포기하고
돌아가시기 전 45일을 저희집에 오셨다
출가 후 함께 한 날들이 많지 않아
마지막을 함께 보낼 수 있어 행복했다
이년만 더 살았으면 하는 어머니의 바람이 이루어지길
마음 졸이며 기도했다
돌아가시기 오일 전 강릉으로 가셨고
운명 바로 전 둘러앉은 우리 형제들에게
잘 살고 간다 주님께서 오늘 날 부르신다
먹고 살기 힘들어서 믿음 생활 제대로 못했지만
너희 모두는 열심히 믿으라는
말씀을 남기시고 아직 쌀쌀한 수요일 저녁 떠나셨다
늦둥이 막내로 태어나 자주 체하고
음식을 좋아하지 않아 애를 말렸다
맘껏 해드리지 못했던 마음이
마지막을 함께 할 수 있었음에 위로가 되었다
어머니 생각만 해도 눈물이 난다

정 떼려고 아프셨나요?
덕분에 잘 살고 있습니다

보름달

추석이 가까운가 보다
앞마당에 빨래 널듯 생선을 너신 걸 보니
벌써부터 기다리며 뒤집었다 바로 폈다
반복하며 정성 들이시는 걸 보니

큰 다라에 감자가루 한 가득 익반죽해야 된다 하시며
뜨거운 물에 엉겨지는 감자가루 떼어내며
밤새 만들어야 되겠네
올케언니 큰언니 둘러앉아
그동안 하지 못한 이야기들을 풀으며
송편을 빚기 시작하면

어린 나는 송편 하나 먹고 자겠다고
반죽을 쪼물쪼물락 흉내를 낸다
꾸벅꾸벅 졸고 있을 때 반죽 묻은 손으로
등을 토닥거리며
얼른 자 아침 돼야 먹을 수 있어
달그락거리는 소리에
눈을 떠보니 새벽종이 울릴 시간이란다
시루 뚜껑을 여니 김이 먼저 반긴다
참기름 바르는 냄새가 고소하게 풍겨온다

보름달이 커다랗게 떠오르면
내 손을 꼭 잡고 뒷동산을 오르면서
달이 참 크고 밝기도 하네
달님에게 소원을 빌어 봐
언제나 내 마음
가득한 보름달
어머니

친구와 코스모스

여리여리 손 흔들며 떠났네
저를 닮은 꽃 막 피기 시작했는데
아침밥이 목에 걸려 넘어가질 않았다
우박 같은 눈물방울이 식탁에
투두둑

코스모스를 좋아하고 코스모스처럼 살다간
내 친구는 코스모스
여기에서 못 펼친 끼 넓은 우주에서 맘껏 펼치렴
아름다운 추억과 친구는 잊지 말어
흔들흔들 한들한들
넘어질 듯 꺾일 듯 여리여리
코스모스 같았던 너

꽃 한송이 올려놓지 못한 것이
지금까지 왜 이리도 마음이 아플까
흔들흔들 한들한들 꺾일 듯
가냘픈 코스모스
뚝방이나 들판이나 친구가 항상 있네

커피로 여는 아침

아, 오늘도 깼구나!
여명이 흔들어도
아직 깨어나지 않은 세상
커피향이 자리를 박차게 한다

감사하다
첼로를 연주하며
평소 좋아하던 찬송으로 굿바이 하며
천국으로 가는 이를 보내드리는
아름다운 환송식

산다는 것 별거냐
개똥밭에 굴러도 이생이 좋다시던 어머니
만나면 좋고 소식 끊긴 이를 궁금해하며
서로서로 챙겨주는 소소한 일상이
행복인 것을

진한 커피 한잔 놓고
깨어있음으로
함께 하는 아침

나는 나를 사랑한다. 내 조국을 사랑하듯이. 그리고 저 창공을 향하여 말하리라. 오늘도 나에게 주어진 이 길을 그냥 걸어간다고. 모든 걸 다 내려놓고.

엄성순

1948년 철원에서 태어나고 자라 이천에서 거주함. 여군입대 육군본부에서 근무. 분당, 이천에서 보험회사 지점장으로 29년 근무.

내 마음 속의 그대여

신작로에선 신나게 노래를 하며
자전거를 타던 새신랑
언덕길을 내려올 때
핸들을 잘못 돌려 떡갈나무를 들이받아
새아씨 치마는 낙하산이 되었네

찢어진 낙하산에 정갱이는 피가 나고
부끄런 새댁은
누가 볼세라 아픔을 참고
집으로 돌아와 엉엉 울었네

지금은 그리 멀지도
가까이도 아닌 거리에
그곳 요양원에서
머릿속이 하얀 치매 환자가 되어
집에 간다고 하루에도 몇 번씩
가방에 옷을 넣었다 뺐었다를 반복하며
집을 그리워 하는
그대여,
빨간치마 색동저고리
자전거 떡갈나무 모든 기억이
잊혀져 가는 그대여

나는 슬퍼서 그냥 웁니다
내 마음에 속의 그대여
아름다운 지난 날을 잊지 마오
사랑하는 그대여

유월의 노래

유월이면 더욱 그리움에 눈시울이 젖어듭니다
저녁이면 정한수를 떠놓으시고 기도하신 어머니

이미 저세상에 가신 어머니지만
의용군으로 끌려간 아들 생각에 끼니때만 되면
사발에 밥을 담아 굶지 말고 살아있다가 돌아오라고
정한수 앞에 빌고 빌었던 어머니
그러다 뚜껑에 이슬이라도 맺히면
살아 있다고 희망의 끄나풀을 잡으셨던 어머니

세 살난 셋째딸 아버지 지게에 짐짝처럼 올려져
포탄소리에 놀라 떨어질새라 보따리를 안고
지게머리를 꽉 잡고 떠났던 피난길
그 세 살 아이가 고희를 넘긴 노인이 되어
유월이면 더욱 그리움에 눈시울을 붉힙니다

저녁이면 정한수를 떠놓으시고
기도하신 어머니
유월이면 그리움에 더욱 눈시울을 적십니다

감사해야지

어제 저녁에 비가 내렸나 보다
땅에 얼룩진 비의 그림자를 보며
이른 아침 산책길을 나선다

아침의 붉은 햇살은 분수와 어울려
온 세상을 비춰주고
길가에 피어있는 금계국과 작은 야생화는
길을 걷는 사람들에게 행복을 주고

비와 이슬에 젖어 흘러내리는
방울방울 저 꽃들이 흘리는
눈물은 기쁨의 눈물이어라
비로 온몸을 씻고
이슬로 자태를 매만지며
목마름을 없애 주니까

새들도 즐거워 짹짹 찍 찍 뻐꾹뻐꾹 푸드득
남해 바다의 고운 초록빛 같은 이곳에
아, 나는
내가 이렇게 평화로운 이곳에 살고 있었나?
모든 것을 감사해야지
살아있음을 감사해야지

장마비와 꽃신

해마다 장마비는 여전히 제 자리를 찾아온다
끈적끈적한 장마비의 흔적을 남기며
국민학교 사학년인 나는 수업이 끝나자
아이들과 같이 부지런히 집에 가려고
교문 있는 곳으로 가보니
교문 앞 도로가 푹 파여 시냇물이 흐르고 있었다
우리들은 웅성거리며 물을 건넜다
바지를 걷어 올리고 손을 들어 책보자기를 올리고
그러나 아차 하는 순간 아버지께서 사주신
꽃신이 물속으로 날아가 버렸다

나는 정신이 멍했다
아버지께 야단맞을 생각
내게 소중하고 아까운 꽃신
핑크색이고 꽃무늬가 있으면서
양쪽에 리본이 있는 너무 예쁜 꽃신이다

아버지께 말씀드렸더니
네가 안 떠내려간 게 다행이다 하셨다
그리고 다시 꽃신을 사주셨다
아버지께 사랑을 배웠다
그 사랑으로 자식을 품는 법을 배웠다

지금도 물에 날아간
예쁘디 예쁜 리본 꽃신이
장마비만 나리면 아버지와 함께
그때 그 꽃신이 그립기만 하다

연꽃처럼

축제가 끝난 자리를 찾아 연꽃을 세어본다
코로나로 돌아가신 큰 언니의 얼굴이
미소로 내게 다가온다

한바탕 타올랐던 열정이 끝난 지금
연못엔 온통 푸른 쟁반을 깔아 놓은 듯
푸른 연잎으로 가득하다

가을이 지나고 나면 내년에 더 많은
연꽃을 피우기 위해 연못을 갈아엎어 버린다며
연꽃들은 그 무거운 흙과 뿌리들을 헤치고
새로운 꽃을 피우기 위해 몸부림치며 올라와서는
아무 일도 없는 듯 순하디 순한
우리 언니처럼 호수의 선녀가 된다

나도 나의 가슴에 새겨진 아픔도
서러움도 그리움도 잊으며
저 연꽃처럼 마음에 꽃을 피웠으면 좋으련만
순하디 순한 언니 닮은
저 연꽃처럼
저 연꽃처럼

나를 사랑한다고

가재는 엉금엉금
다슬기는 돌에 붙어 슬적슬적
모시조개도 뚜껑을 열고
한발 한발 내딛는 *노치소
여름날 한나절의 물속 풍경

아이들은 가재도 잡고 다슬기도 잡으며
개구리 수영과 물싸움을 하던 노치소
까맣게 탄 얼굴로 두 눈을 반짝이며
희희낙락했던 그 날들
동네 어른들 천막 치고
그물로 고기를 잡고
매운탕에 막걸리 잔치
모두가 신이 나는 노치소의 하루

멀리로 사라지는 어린 날의
기억들을 연필로 그려본다
미래의 나의 모습도 그려본다
지난 날과 다가옴을 생각하는 건
여운과 걱정일 뿐

지금의 나는 나를 위하여
복하천 갈대밭 쉼터에서
하늘로 소리쳐 본다
오늘 나는
오늘 나를 사랑한다고
그리고 행복하다고

가을 바람아

바람을 타고 슬며시 내딛는
너는
꽃내음보다 마른 잎 내음이 더 향기롭다고

단풍을 어루만지며 쉬어가는
너처럼
나도 여행길 떠나보자
벗들과 같이 떠났던 여행길을
오늘은 홀로 걸어보네

늦가을의 갈대밭 언덕에서 촛불 하나 켜들고
지난 추억들이 쌓여 있는
허공을 매만지며 다둑거린다
그리운 얼굴들을 가을 하늘에
그리며 불러본다

너는 내 벗들을
어디에 숨겨놓았니?
가을 바람아

네 동서

추석은 해마다 길을 헤매지도 않고 잘도 찾아오네
두레상에 둘러앉아 송편 빚는 네 동서
송편을 예쁘게 잘 빚어야 예쁜 딸을 난다면서
예쁘게들 빚다가 나중에는
병아리도 새도 토끼도 만들고
웃음꽃을 피워갈 때
항상 바쁘다고 늦게 온 나에게
형님은 오셔서 송편만 빚으시면 돼요
넷째 시골 동서의
늦게 와서 미안해 할까 봐 하는 말
맞아요 형님 몫은 기다리고 있잖아요
송편이

아래 동서들이지만 너무 고마워
감사의 눈물을 흘렸던 순간의 네 동서들
추석이 오래도록 이어질 것이라
우리들은 믿었는데
부모님도 돌아가시고
안개 속엔 그리움만 남기고
예전에 추억은 빛을 잃은 듯 흩어지네

겨울이 깊을수록

이른 봄 길가에 피어있는 민들레에서
나는 행복을 보았습니다

여름날 뜨거운 햇빛속에 버려진
장미의 눈물을 보았습니다

늦가을 언덕에 피어있는 들국화에서
난 외로워 아파하는 들국화의
청초함을 보았습니다

겨울날 송이송이 내리는 눈은
계절의 아픔을
순백의 사랑으로 덮고

다시 올 민들레의 봄을
장미의 사랑을
들국화의 청초함을 그리며

냇가 버드나무 아래
겨울이 녹아 흐르는
이른 봄의 소리를 기다립니다

가을 바다

남해의 단풍은 물안개 속에 빠져 보이지 않아도
피어오르는 물안개 그리고 바다
햇빛은 더욱 아름답게 빛나네

오랜만에 내디딘 바닷가이기에
바다에서 헤어나질 못하고 있는 나에게
아침저녁으로 전화하는 두 아들

아버지가 요양원에 가실 때에도
이렇게 가시는 게 마지막인지도 모른다며
고향으로 맛집으로 커피숍으로
드라이브까지 가슴 아파하던 아들들

저 바다에 두 아들의 얼굴을 그려본다
큰 바위처럼 언제나 나를 지켜주는 것 같아
눈물이 주루룩 흘러내려 주름진 두 볼을 적신다
근육이 빠졌다며 단백질을 흡수해야 한다며
고기를 먹으러 가자 하고
또 사서 냉장고에 넣어두고 가는 아들들

가을 단풍이 안개에 빠져 잠시 머무르고
두 아들이 큰 바위가 된 남해 가을 바다에
나는 내가 사랑하는 모든 것을 그려본다
안개가 사라진 바다,
가을 단풍은 여전히 화려하게 수를 놓는다

중고교 시절부터 꿈을 꾸며 살았지만 사회생활과 건강을 핑계로 미뤄왔던 지난 시절이 아련합니다. 다시 문학소녀가 되어 시를 쓰며 함께 행복한 날들을 보내는 동료들과 곁에서 항상 격려하며 도와준 사랑하는 남편과 아들네 딸네 가족들께 항상 고마움을 전합니다.

송명순
1948년에 이천 고담2리에서 출생. 이천양정여중고등학교 졸업. 이천시청 근무. 이천대월농협 근무. 서울 분당에서 살다가 귀향 후 증포동 정착. 증포시인회 회원.

엄마의 길

봄날
벚꽃 눈물 되어 흩날리던 날
흰옷 곱게 차려 입으시고
재 넘고 내 건너
아름다운 꽃상여
엄마가 타고 가셨다
다시 못 올 먼 길을

일곱 번 태를 끊어 칠공주 낳으시고
태의 열매 기쁨보다
더 큰 속 끓임이 응어리 되어
몸져 누우시곤
열다섯 살 막내딸
손을 잡고 어찌 떠나냐며
절절이 우시더니
머나먼 길 떠나셨다

마지막 가시는 길
꽃집 만들어
영원한 안식처로
편히 보내 드리었다

분꽃

작은 키에 단아한 자태
보리방아 찧을 때면
힘들새라 곁에서 웃어주던 꽃

울 엄마 내 언니
무명 옷 걸치고
쿵덕쿵덕 보리방아 찧어
뽀얗게 벗겨낸 알알이 땀방울로
식구들 끼니 위해
복더위 시름 잊었지

한여름 변함없이
분꽃이 찾아오니
그리워 그리워
눈시울 시려온다

명현반응, 그럼에도 불구하고

관절치료차 산을 오르던 날
비를 토해낼 듯 무거운 구름이
산자락에 드리우고

살짝 부는 계곡 바람에
나뭇잎 부딪치니
잠자던 참새 놀라 깨어
비를 품은 서쪽 하늘을 쳐다본다

짙어지는 구름에
더딘 발길 재촉하며
산을 내려오니
등어리가 후끈하다
비구름에
여름이 짙어진다

파도

인고의 세월을
견뎠을
갯바위

산산이 부서지는
하얀 물보라 속에
굳은 살점이 드러난다

죽고 싶다
죽고 싶다

되뇌었던
그 아팠던 날들이
인생의 물보라로 새겨진
굳은 살로 남아
나를 강하게
세워준다

아버지 목소리

논둑 씀바귀 노랗게 얼굴 내밀고
뚝방길 아카시아향이 짙게 날릴 때면
소 멍에 씌우고 쟁기 등에 걸머지고
흰 광목바지 걷어 올리시고는
마을 앞 큰 논 갈고 써래질하시러 가신다

이랴이랴
뚝 넘어서 동네까지 울려퍼진다
워낭소리보다 음메소리보다
더 널리 퍼지는 목소리
아버지 목소리에 온 동네가 쩌렁쩌렁하다
울아버지 목소리는 유난히도 크고 우렁차다

내 목소리도 아버지를 닮았다
어렸을 때부터 칭찬 많이 들었다
그 칭찬이 나를 만들었다

냉이 된장국

바람이 어머니를 실어오는 날
봄을 먹으러 텃밭에 앉아
냉이를 캡니다
언 땅이 냉이 뿌리를 잡고 내주질 않으려 합니다
힘을 다해 뽑지만
뿌리는 반만 뽑힙니다
언 손 불어가며
바구니 가득 담긴 냉이를 다듬어
된장국을 끓입니다
구수한 냉이향이 집안 가득 퍼집니다

어린 시절 생각이 납니다
둥근 상에 둘러앉아
화기애애하게 웃음꽃 피우던 가족들
엄마의 사랑으로 빚은
그 맛은 잊을 수 없는 맛입니다

내 마음 속 그대의 향

커피향 가득 머그잔에 담듯
그대의 향
내 마음에 가득 담습니다

가족이라는 울타리로 지금까지 달려온 우리
항상 사랑으로 보듬으며 살아온 날들
하늘이 주신 우리의 큰 선물
두 아이를 낳고 행복의 꽃을 피우며 살아온 우리
여우 같은 마누라에 토끼 같은 자식들 위해
열심히 벌고 살아야겠다고 웃으며 했던 말처럼
참 열심히 달려와 준 당신
고맙습니다

참 많이도 아팠던 나를 가슴으로 품어주며
약손이 되어 주었던 그 묵직한 손
자기 고집을 피우기보단 먼저 들어주며
배려하며 살았던 많은 날들
꽃보다 진한 인생의 향이 납니다

카프치노 커피를 유난히도 좋아하며
구수한 향이 퍼지는 그대는
내게 둘도 없는 남자입니다

시간은 인생의 흔적이니
주름살도 겸허히 받아들여야
멋쟁이라고 하던 당신

나와 가족을 위해 살아온
산수를 앞둔 그대여
그대 향에 깊이 물들어갑니다

창호지 위에 꽃잎

갈바람에 긴 그리움이 피어난다
숱 많은 까만 머리 곱게 빗어 올리고
고운 언니 수줍은 볼에 꽃향 물들면
도톰한 입술에 요염하게 얹혀진
빨간 코스모스
볼그레 수줍음에
두 손이 모아진다

수줍은 울언니 쓸어 놓은 길 따라
코스모스 그리움 담은 바람은
계절을 실어오고
노란 꽃 분홍 꽃 하늘 향해 손짓할 때
나래짓에 잠자리도 춤을 춘다

코스모스 향기가 짙은 가을 하늘을 흔들면
차가운 갈무리 문마다 문짝 떼어
먼지 털어 쓸어내고 풀칠한 하얀 창호지
나무창살에 팽팽이 말라가면
손잡이 있는 한 자리에
언니의 고운 손으로
빨간 잎 파란 잎 한 뼘 창호지 덧붙이면
그 사랑 창호지 위에 그리움으로 꽃핀다

나의 가을 나의 사랑

봄을 타던 그가 가을을 타던 내게
단풍처럼 불같이 다가와
내 마음에
콱
박히던 날에는
사랑이 온 세상을 덮었다

사랑했던 날들의 춤사위가
하얀 한삼 속에 녹아들던 날
가시속을 헤쳐나온 알밤과 붉은 대추는
할옷에 담뿍 안겨 아들 딸을 선물했다

반백년 지난 지금
고웁던 행복도 불같던 미움도
넉넉한 마음되어
칠십오 년의
만추(晩秋)의 길을 가고 있다
나의 가을 나의 사랑은
또 이렇게 물들고 있다

진짜 운수 좋은 날

퇴근 시간 남편 손에 들린
까만 봉지
증포설렁탕이 따라온다

39도 열이 오른 마누라 죽을까
매일 저녁 까만 봉지에 매달린다

없는 입맛에 맛있게 먹었다
하루하루 열이 가라앉는다
까만 봉지 속에 들어있는 뽀얀 사랑

푹 우려낸 설렁탕 시원하고
뼛속까지 녹아든 사랑이
내 몸을 지탱하고 있다

어릴 때 문학소녀를 꿈꾸었지만 나이 들고 보니 쉬운 일이
아니지만, 그저 진솔한 마음이 전해져서 누군가에게 힐링이
된다면 좋겠다는 바람을 담아 봅니다.

이연옥
1950년 경상북도 사부리에서 태어나 대구에서 어린시절 보내고,
서울에서 아들 딸 결혼 시킨 후 전원생활을 꿈꾸며 현재 증포동에
서 살고 있음. 증포시인회 회원.

울엄마

엄마 생각하면 눈물이 납니다
칠 남매의 막내딸로 곱게 자라 시집와서 육 남매를 사랑으로
기도로 키우신 울엄마
왜소한 몸매지만 허리가 꼿꼿하시던 모습
네 딸 출가시킬 때마다 남들처럼 챙겨주지 못해 매일 밤 엎
드려 기도하시던 울엄마

입덧이 심한 맏딸인 내가 김이 모락모락 나는 팥시루떡이 먹
고 싶다 하니 냄새 맡으면 못 먹을까 몰래 손수 빚어 쪄주신
울엄마
산후조리를 해주시며 크다란 양푼에 미역국 갓 지은 따슨 밥
을 하루 다섯 번씩 해주시며 잘 먹어야 젖 잘 난다 하시던 울
엄마
갓난아기 목욕 시키시며 한번은 머리 얼굴부터 다음 날은 발
다리부터 번갈아가며 씻겨야 고루 성장한다고 가르쳐주시던
울엄마

내가 철이 좀 들 만하니 날 기다려 주지 않으시고 뭐 그리 바
쁘신지 급하게 가신 엄마
요즘 세상에 태어나면 아이들도 다 가지는 핸드폰 한번 써보
지 못하시고 딸 덕에 비행기 한번 겨우 타보시고
자식 위해 시장판에서 장사하시느라 고생만 하신 울엄마

나는 엄마의 흔적이 되어 오늘도 가슴이 저립니다

찔레꽃

소박한 꽃을 피웠습니다
향기가 있습니다
자신을 보호하기 위한 가시도 있네요

우아하고 멋진 꽃이 아니더라도
은은한 향기되어
소박한 꿈 간직하리
나만의 가시도 필요하겠지요
나도 나만의 꽃이니까요

소박한 꽃을 피웠습니다
향기가 있습니다

어머니의 이야기

6월이 되면 생각이 납니다
어릴 때 어머니가 들려주시던
피난 이야기

낙동강을 넘어 경상북도 끝자락까지 다부동 전투의 치열했던 겨울 모든 마을 주민들과 함께 피난길에 나섰던 일 낙동강 다리는 끊어지고 꽁꽁 얼어붙은 강 위로 새까맣게 걸어서 밀려든 피난민들 엄마는 한 살된 나를 업고 포탄이 떨어지기 시작하자 업었던 나를 행여나 총알 맞을까 앞으로 돌려 안고 엎드려 낙동강을 건너 경주에서 사과 과수원을 하는 이모님 댁에서 피난 생활을 하셨다 합니다 어머니의 사랑으로 오늘의 내가 있다는 것이 감사합니다

그때의 이야기들을
더 자세히 들을 수 없는 것이
마음 아프고 아쉽습니다

울엄마 또 오셨네

꾸미지 않아도 우아한 자태
어느 것 하나 흠이 없는 연꽃
잎은 연밥으로
뿌리는 즐거움의 맛
씨앗은 약성이 있는 좋은 영양분

이름처럼 연못에서
자라는 너
진흙 속에서 꽃을 피우고
모든 것을 내어주는 너는
행복한 울엄마 같아라

나도 그렇게
내어 줄 수 있는
사람이 되고프구나

황혼, 너 참

달리고 달리고
뛰고 또 뛰고
그렇게 황혼을 바라보니

걷기도 하고
쉬엄쉬엄
이젠 주변도 둘러보며
힘내어 또 내딛는다

열심히 살다 보니
이런 날도 있구나
황혼,
너 참 곱구나

내 동생

베낭 메고 이천에 온다
전철이 있어 너무 좋다며 자주 온다
두릅 따고 쑥 뜯고
이름 모를 많은 먹을거리
봉지봉지 가득가득 봄 향기를 채운다

산과 들이 내어준
생명의 선물을 담아
서울로 돌아간다

가을에

작은 들꽃 하나에도
나는 감사하다
내게는 언제나 가을

아침 저녁 신선한 바람조차 감사하다
벼이삭은 영글어가고
빨간 고추 누런 호박
따사로운 햇살
시원한 바람
행복도 한 가득

비바람 온몸으로 받으며
잘 견디어내는
나에게도 감사하다

반세기 결혼기념일에

어느 새 오십 년을 같이 해 온 당신
이젠 서로의 표정만 봐도 다 헤아릴 수 있는 당신
조금 흐트러지고 못난 모습도 세월 앞에 다 녹아버린 당신
사랑합니다

한눈팔지 않고 앞만 보고 달려온 당신
자녀들 바르게 잘 자랄 수 있도록 본이 되어준 당신
사랑합니다

가난하고 어려운 형편이었지만 열심히 살아준 당신 사랑합
니다
언제나 서로의 못난 것도 부족함도 채워가며 서로 큰 의지가
되고 힘이 되는 당신
사랑합니다 내 지상의 동반자

이제 얼마 남지 않은 푯대를 향하여 힘 모아 같이 갑시다
마음껏 사랑한다 말해 봅니다

고구마 이삭줍기

주인이 훑고 간 자리
고랑 고랑에
열심히 호미질을 해본다

허리 굽혀 호미 든 손으로 하나씩 줍다 보니 상한 놈도 귀한
놈도 나와 봉지 한 가득 시간 가는 줄 모른다 허리 펼 줄도
모른다 까치가 까치밥 쪼듯이 주인의 고마움도 챙겨본다

좋아 할 자식 생각에
가을 들녘
일렁일렁 행복이 출렁이네

아들 바보

엄마의 건강을 늘 마음 써주는 아들
퇴근길에 매일 전화해서 안부를 묻는다

찬양 말씀 본인 음성으로 녹음해서 잠 안 올 때 들으라며 보
내준다 좋은 약이며 적외선 의료기며 먹고 싶다는 음식을 직
접 주문해서 배달시켜 주기도 한다 보름달보다 더 환한 너의
모습 보기만 해도 행복한 나는 너의 존재만으로도 이미 효도
를 충분히 받았다 사랑하는 아들아 착하고 성실하게 배려하
는 마음 따뜻하게 살다 보면 축복은 덤으로 받는 줄 믿는다

내 고향 경상도 말로
억수로 사랑한데이 아들!

시를 쓴다는 것은
잠자고 있는 나의 두뇌에 기지개를 켜는 것!
가족과 친구, 주변의 이야기를 나의 품 안에서 꺼내
함께 나누는 즐거운 추억의 여행!

차애진
1950년 충남 예산에서 태어나 서울에서 살다가 1984년에 이천터
미널이 직장인 남편을 따라 이천에 정착. 증포시인회 회원.

찔레꽃

울 할머니가 그립습니다
내 맘 속에 늘 살아 계신
할머니가 또 오셨습니다

간식 삼아 찔레꽃 어린순 꺾어 먹었지
배 채우기도 전에 손에 박힌 가시
할머니는 가시를 뽑아 주시며
너도 네 몸을 보호하려면 가시처럼
마음에 무기를 간직하라 하셨지

이제야 알 것 같습니다
그때는 몰랐습니다
가슴 속 당당함을 품었던
할머니의 한생을

할머니가 또 오셨습니다
내 맘 속에 늘 살아 계신
울 할머니가 그립습니다

아픈 이별

초점 잃은 눈동자에 위로의 말을 찾아보네
말기암 호스피스센터로 간다며
감정이 없는 목소리에

마당을 사이에 두고 사춘기를 함께 지내며 동네 머스마들의
관심을 누가 많이 받을까 선의의 경쟁을 하면서 결혼은 누가
먼저 할까 아이는 누가 먼저 낳을까 아들과 딸을 낳으면 사
돈이 되자며 소박한 꿈을 꾸며 성장한 나의 벗이여
시간이 지나도 결혼 소식이 없더니 친구들의 염려를 뒤로 하
고 종교에 귀의하여 산으로 떠난 무정한 벗이었는데 속세로
돌아와 잘 지낸다더니 안타까운 소식으로 날아왔구나 십팔
금에 보석 박힌 팔찌가 예쁘다고 했던 말을 잊지 않고 아끼
던 물건이라며 내 손에 건네며 기억해 달라고 하네

어느새 우리들 눈엔 소낙비가 줄줄
아직은 아름다운 강산에서
함께 숨쉬고 싶은데 친구여 안녕히….

남자는 하기 나름

결혼기념일 챙겨 본 일 없는 그대는
매력이 꽝이라고
살면서 살짝살짝 자극을 주었더니

늘그막히 그 날을 기억했는지 조그만 상자 하나를 식탁 위에
살며시 놓고 눈치를 살피고는 멋쩍게 웃으며 방으로 들어가
네 살짝 집어 열어보니 목걸이와 반지 약간 흥분된 목소리로
이렇게 비싼 것을 무엇 하러 사왔냐고 꽁량꽁량 궁시렁궁시
렁 그럼 케이크도 하나 사 와야지 아이들은 어쩌라고 소리치
며 부엌에서 혼자 미소 짓는데
그때서야 눈치를 챈 그대 주머니에서 몇 잎의 돈을 불쑥 아
이들에게 주며 치킨을 사오라고 하니 아이들도 더불어 즐거
워 하네 어느새 치킨에 따라온 음료수로 축배를 들고 우리집
은 작은 파티가 벌어졌고

지금도
그 보석 가끔씩 꺼내보며
가락지를 끼워 보네

코스모스 또 피었네

길가에 한들한들
코스모스 나를 반기네

꽃길 따라 걷다보면 조그만 오두막 무슨 사연 있는지 집성촌
동네에 연고도 없이 나그네처럼 둘이서 살다 아들 군대 보내
고 할머니 혼자 살고 있는 외딴집 코스모스 외로운 주인을
위로하듯이 방긋이 웃어주네 해마다 할머니가 뿌려놓은 코
스모스 울타리를 길게 둘러싸고 할머니를 호위하듯 나란히
나란히 보초를 서네 할머니와 나는 어느덧 친구가 되었지 외
로운 할머니는 나를 기다리며 고구마 누룽지도 주시고 꽃반
지도 만들어 끼워주시며 환하게 웃어 주셨지 할머니는 제대
하고 돌아온 아들과 행복했을까?

이 가을 할머니 닮은
코스모스는 또 피었네

이 놈의 난청

건강을 챙기라는 진단에
돈 안 들이고 쉽게 할 수 있는 운동을 찾아
오늘도 복하천 뚝방길을 걷는다

갈대숲을 따라 굽이굽이 민들레 금계국 망초꽃 등등 이름 모
를 꽃들이 함께 하네 작은 바람에도 온몸을 부대끼며 오가는
발길에 힘을 받네 며칠 전 이 길을 걸을 때는 왕매미가 울어
대더니 인사도 없이 가버렸네 계절은 어느새 여름을 지나 가
을로 구만리 들판도 계절 따라 황금융단을 깔아 놓았네 매미
도 떠난 서늘한 뚝방길 걸으며 저 하늘에 매달린 새털 한점
잡아 볼까 손을 높이 저으며

그렇게 울던 매미는 계절 따라 갔는데
세월 따라 내 몸에 착 달라붙은
이 놈의 매미는 언제 가려나

터미널 풍경

모두들 어디서 왔나
활력이 솟아나는
터미널의 아침

캐리어 끌고 활짝 웃으며 대합실로 들어서며 일상에서의 탈출 자유를 외치며 하나둘 모여든다밥하고 빨래하고 청소하고 남편과 아이들로부터의 해방 나름 멋지게 차려입은 줌마들 하늘을 날 듯한 기분 좋은 저 파랑새들 버스는 어디로 데려다 주려나
한쪽에서는 인생의 무게만큼이나 무거워 보이는 보따리 머리에 이고 터미널로 들어선다 이마에 흐르는 땀을 씻으며 삶의 무게를 잠시 내려놓고 먼 곳을 바라본다 어디를 가시는 걸까 저 쪽에는 낙엽 구르는 것만 봐도 까르르까르르 재잘대는 한 무리의 학생들

모두들 어디로 갔나
고요가 내려앉은
텅 빈 터미널

설렁탕

요즘 날씨 서늘해서
설렁탕을 자주 먹게 되니
그 분이 생각나네

신혼 초 아침상을 치우지 않고 게으름을 즐기고 있는데 기름
파는 할머니가 오셔서 상에 있는 것을 드시겠다고 하여 밥
한 그릇 떠드렸더니 뚝딱 잡수시고 설거지를 하고 부엌까지
깔끔하게 치워 주셨다. 그것이 인연이 되어 부엌방을 내드
렸는데 시장 봐 오면 반찬을 금방 만드시고 살림도 도와주셨
다. 어느 날 시장을 함께 가는데 가마솥에서 국이 푸짐하게
끓고 있다. 할머니 설렁탕 잡수실래요? 할머니는 겨울인데
도 땀을 흘리며 참 잘 먹었네 하신다. 할머니는 인품도 용모
도 단정하신데 왜 혼자 사세요? 시골 종갓집 종부였는데 대
를 잇지 못하여 작은댁을 들여서 집을 나와 직접 농사 지은
것으로 기름을 짜서 서울로 와 기름장사를 하게 되었다 하신
다.

요사이 생선 조림을
또 태우다 보니
그 분이 생각나네

나보다 젊은 울 엄마

예당원 젊은 울 엄마
환하게 웃고 계시네
나는 70 고개 넘은 지 한참 됐는데

엄마를 보니 몹시 그리워 구불구불 시골길 엄마랑 성당 가던
길 지금은 늙수룩한 남편과 걷고 있네 옛날에 반갑던 얼굴들
은 보이지 않고 우뚝 솟은 십자가만이 나를 반기네 낯익은
길을 남편 손잡고 쭉 걸어와 장터에 서니 엄마가 살아오시네
엄마는 어떤 음식을 좋아하셨을까 떠오르는 것은 퉁퉁 불은
국수를 드시던 모습뿐 좋은 음식도 많은데 생각나는 건 애오
라지 국수뿐 엄마 떠난 지 반 백년 너를 두고 어찌 눈을 감
고 지천명 겨우 넘기고 하늘로 가신 울엄마

지금은 맛난 음식도 잘 만드는데 엄마에게
내 손으로 맛있는 음식을 한 상 만들어 드리고 싶은데
젊은 울 엄마는 어디에

풀피리 불던 소년

용이는 만날 때마다
자전거 타고 집나갔을 때의
고생담을 늘어놓는다

옥수수대 씹으며 소를 몰던 쬐그만 뒷모습이 유난히 외로워
보이던 용이는 육이오 때 부모님을 잃고 큰댁에 살고 있는데
사촌들은 교복 입고 학교에 가는데 눈치가 보여서인지 학교
가기 싫다던 용이 강낭콩 듬성듬성 넣은 술빵 들고 용아 이
거 먹어 불쑥 내밀 때 빙그레 웃으며 진아 나는 서울 갈 거야
서울 가서 돈 많이 벌어 성공할 거야 며칠 후에 용이가 없어
졌다고 동네가 들썩들썩 자전거 타고 갔다네 큰 비밀을 알고
있는 나는 어른들 눈치를 살피며 서울 쪽만 바라보던 때가
생생한데 자전거 타고 떠난 용이는 종종 안부를 전하더니 지
금은 성공하여 손주도 많이 거느리고 행복하다네

용이는 이번에도 성공담을 늘어놓겠지
카세트 테이프 틀어놓듯
들어도 들어도 싫지 않은 그 시절 이야기

아, 가을

내 가을은 어디쯤일까
저 가지에 매달린 단풍일까

푸르른 초원을 팔색조처럼 곱게도 물들이고 하늘은 높고 깨
끗한 도화지 구름 한 조각 매달린 사이로 비행기가 하얀 꽃
가루를 뿌리며 가네 강렬했던 태양을 바라보던 해바라기들
은 떠나가는 임을 잡아보려 헛손질하네 할 일 다했다고 아낌
없이 모두를 주고 숨어버린 가을, 가을을 느끼려 산에 올라
도토리 한 줌 주워다 묵을 만들어 잘 가라고 잔치를 벌리려
했는데 너는 벌써 저 멀리

가을은 소리도 없이 찾아와
해마다 내 마음
흔들어놓고 서둘러 가네

백세시대의 고희는 늙음이 아니라 청춘이다. 이제껏 살아온 나날 추억하며 원고지를 벗삼아 한 편의 시를 빚어내는 수고로움은 즐거움이다. 한 송이의 꽃을 피우면 향기가 나듯 시를 완성하면 삶의 구수함이 뚝배기에서 보글보글 끓여오르는 것 같아 행복한 날들이다.

이명희
1950년 이천 고담1리에서 태어나 양정여자중고등학교 졸업 후 결혼해서 서울생활하다가 1996년 귀향 후 증포동에 정착. 증포시인회 회원.

사랑의 화수분

콩나물 시금치 열무김치
새댁의 서투른 상차림에
딸그락 딸그락

파송송 애호박
땡초 몇 개 쟁쟁쟁
보글보글 된장찌개 구수한 냄새가
퇴근길 서방님 맞으러
골목길로 먼저 나갔네

엄마 미안해

오랜만에
한복 곱게 차려 입었습니다
시끌벅적 결혼식장
반갑다고 인사할 때
옆구리 툭툭 치는
낯선 할머니

얘 느이 엄마여
깜짝 놀라 어안이 벙벙
치아가 하나도 없어 몰라본 얼굴
육남매 키우시며
살아오신 힘든 세월

주머니에 넣어드린
알량한 몇 푼
엄마 정말 눈물 나네요

유월에 흐르는 강

유난히도 입덧이 심했다
댕겨 가라는 아버님 말씀에
시댁엘 갔다

마당 한 켠 화덕에 끓고 있는
잉어 한 마리
아버님의 며느리
사랑이 기다리고 있었다

소금 간 해 대접에 떠
꿀떡 꿀떡 마시라며
툇마루에 앉아 계시던 아버님

유월의 강변을 거닐다 보면
여울에서 들리는 아버님 음성
물결로 출렁이는 주름진 모습

아!
그립다
아버님의 사랑

홍시

하루하루를
홀로 계신 아버지

감 딸 때가 됐는 데에
이제나 저제나 기다리시다
바쁘다는 아들 제쳐두고
셋째 딸 부르신다

개나리 울타리 두른 울안
높다란 감나무에 노란 가을이 조롱조롱

장대로 두드리니
아버지의 근심이 털리는 소리

주름진 얼굴 흐뭇한 미소엔
벌써 손주들의 모습이 어른어른

함박눈 소복이 쌓일 때
손주들 오손도손 나눌 달달한 홍시
항아리에 담으시던
아버지의 손길이 그립다

여름날의 추억

여름방학 심심하던 때에 왈가닥들이 모여
동구밖 콩밭에 풀을 매기로 했다
밀짚모자 눌러쓰고 목엔 수건 걸고
고랑고랑에 나란히 앉아 풀을 뽑는다
삼복 땡볕 땀방울에 절은
벌건 얼굴들이 술 취한 듯하다

한나절 기울어 끝내고
종알 재잘 집에 오니
엄마의 점심상이 기다린다
열무김치 고추장에 얼얼하게 비벼
달그락달그락 꿀맛이다

농사일조차 재미로 했던
즐거웠던 여름날의 추억은
뭉게구름으로 피어나고
그때 그 매미소리
귓전에 쟁쟁하다

장마비 내려도

장대 같은 비가 하루 종일 쏟아지면
저수지둑 무너질까 걱정
하루에도 몇 번씩 저수지 살피러 가시는 아버지
도랑물 넘쳐 마당으로 흐르면
대문 넘어올까 또 걱정

빗소리에 자는둥 마는둥 새벽을 맞으면
저수지물이 물넘이로 넘쳐
손바닥만한 붕어가 떠내려 온다
마을 사람들과 양동이 뜰채 얼개미 가지고 붕어를 잡는다
앞사람이 놓치면 뒷사람이
그도 놓치면 그 뒷사람이 잡는다
새벽이 시끌벅적하다

한나절 지나 묵직한 양동이 들고 집으로 가면
집집마다 마당 모서리 화덕에 선
얼큰한 붕어 매운탕이 맛깔나게 끓고
걱정 속에 장마비 내려도
풍요로운 밥상머리에
온 마을이 행복하다
아버지도 이때만큼은
걱정을 내려놓으시고
부른 배를 쓰다듬으신다

호기심

벽장에 감춰두고
가끔 드시는 술
병뚜껑에 따라
홀짝 한 모금

아무도 없는 집
살며시 술병 꺼내
아버지처럼
한 모금 홀짝

화끈화끈 벌개진 얼굴
들킬카 겁이 나
빨래 대야 옆에 끼고
개울로 도망갔지만
모르셨을까 아버지는

사랑하는 친구야

수락산역 3번 출구
삼 년만에 만나는 골목 친구들
멀리서 온 나를 위한
강강술래 갈비정식

새털구름 시원한 가을 하늘
계곡물 흐르는 둘렛길
떡갈나무 그늘 아래 오손도손
못다한 이야기 끝이 없지만
벤치에 아쉬움 내려놓고 작별할 시간

해걸음 집에 오니 잘 도착했냐며
단둘이 따로 또 만나자는데
늘 내가 바빠서라며 말끝을 흐리니
그 바쁨 속에 나도 끼워 달란다

칠순에도
그리운 정 한결 같고야
시월의
아름다운 이 계절에
따끈한 커피 한잔 나누며
우정의 깊은 정 나누자꾸나
사랑하는 친구야

겨울의 길목에서

배추 무밭이 마당으로 들어오고
항아리마다 가을을 채울 때
가을 옷 벗은 나뭇가지엔
엷은 햇살이
따스하다

차곡차곡 풍성한 가을걷이들
올망졸망 담아주는 모정
넉넉잖은 셋째
참기름 한 병 몰래 주던 시치미

가을은 만삭인 어미처럼 풍성하다가
해산한 산모처럼
빈 가슴으로 나 앉고
초겨울
철새 떠난 빈 둥지엔
낙엽 한 잎 들어 앉았다

이제 석양의 노을로 피어올라

나로 나답게 살아갈 수 있도록
내 안에서 나를 다스리는 힘
실망과 좌절의 늪에 빠지지 않도록 잡아주는 손
온몸과 맘이 쇠약해 졌을 때
지팡이로 다가와 세워주시고
어둠 속을 헤맬 때 빛으로 오시며
홀로 살아갈 두려움에 떨 때
평안함으로 용기주시네
안타까움과 회한으로 탄식할 때
웃음을 회복케 하시며
입을 열어 노래하고
눈을 들어 하늘을 보게 하시므로
소망을 주시니
이제 석양의 노을로 피어올라
아름다운 황혼의 여정을 즐기리라

인생은 희노애락의 반복이라고 합니다.
삶을 시에 담아봄으로 나를 되돌아보는 시간을 가져봅니다.
덤으로 지금보다는 더 나은 삶을 희망합니다.
시가 있어 행복합니다.

김수연
1967년 대구에서 태어나 자라고 시로 승격할 때 이천으로 와서 증
포동에 정착. 제15회 이천시평생학습대상 개인부문. 증포시인회
회원.

나빌레라

"예쁘더라."
아버지의
그 한 마디

엄마는
떠나는 길에
바라던 바를 이루었다

자몽에 스민 사랑

창문 너머 뜨거운 햇볕에
검은 빛으로 변하는 포도송이들
간밤에 고라니는 어찌나 울던지

학교 운동장 한가운데 서서
하늘을 바라보니 사방팔방 굽이굽이
나무 나무들 만화경 속에 갇혀있는 듯

인심 좋은 뒷집
새댁 입덧이 안쓰러운지
사냥한 꿩고기 만둣국 차려주셨지만
오늘은
숟가락만 이리저리
햇살 따가운 팔월
입덧으로 어질어질

"어머니, 자몽이 먹고 싶습니다."
"뭐라고? 그래그래, 알았다."

슬그머니 구비길 따라 장터 다녀오신 시어머니
"나때는 먹고 싶어도 못 먹은 게 맺혀서 사왔다."
미소 지으시며 손에 쥐여준
자몽 하나
비싸고 귀한 시어머니 사랑

길이 있어서

7월의 설봉산 산성을 돌아
이마에 눈썹에 방울방울
소매 끝으로 쓰윽 한 번
이천시내 전경이 한눈에 들어오네
저기 증포동이 보이네
우리집은 어디 있지?

바람이 좋아서 호기심에 취해
익숙하지 않은 하산길을 택해서
십여 걸음 가고 있을 때
바위에 걸터앉은 노승이 말을 건넨다.

"어디를 가는 길이오?"
"길이 있어서 가고 있습니다."
"그 길은 서이천 가는 길입니다."
"……"

아차차,
이 길이 아니네

코스모스 사랑

홍원삼 족두리에
발그레 미소짓던

새색시 세월 지나
주름 가득 눈가엔

등 굽은
우리 낭군님
지난 세월 애달퍼

코스모스

사랑하지 않을 수 없네
부끄러운 듯 고개 숙이며
나지막이 고백하는 너를

찾지 않을 수 없네
지난 해도 올해도
여전히 날 반겨주는 너를

하늘이 높아질 무렵 들판 여기저기
평온한 미소 지으면
호랑나비 고추잠자리는 주위 돌며 인사하네

쪽빛 하늘을 유영하는 하얀 구름 몇 무리
너의 부드러운 춤사위 보고 있으면
맑아지고 싱그러워지네

노랗고 둥근 달이 붉은 해를 잇고
굴뚝 연기 곧게 오르면
노을 물든 꽃잎이 금빛으로 빛나는
바닷가 모래알처럼
따스하게 대지의 빛나는 별이 되네

어머니가 그랬듯이

소원 빌어봅니다
보름달 보며

둥글둥글 모나지 않게
넉넉하고 여유롭게
우리 가족
건강하고 하는 일 잘되고
아이들은 좋은 배필 만나서
알콩달콩 살게 해달라고

내 어머니가
그랬듯이
한결같이
무조건

가을을 가득 채운 평온

1.
등산로 기슭에 핀 이슬 맺힌 파란 닭의장풀
물결 일지 않는 호수와 그를 둘러싼 소나무
수면에 투영된 숲의 전경이 짝을 이루고
느리게 움직이는 권적운과 풀벌레 소리
베토벤 비창 2악장
지천명과 함께 흐르는
계절의 반추

2.
날이 서 있던 모서리 닳아지고
휘몰아치던 비바람도 잦아들고
파랑새 찾고자 했던 시간은 흘러
어느덧 이순(耳順)을 몇 해 앞두고
어머니가 남겨주신 빛바랜 사진
그 한생이 담긴 흔적이 담긴
작은 상자를 열어
세상을 본다
나를 본다
어머니를 본다

엄마의 홍시

엄마를 보내드렸던
그해 가을
퇴근길 현관문 앞에 놓여있던 박스 하나
과수원을 관리하는 분이 보내주신
흠집 없이 잘 포장된 청도반시
엄마가 아닌 줄 알면서도
아려오는 가슴
시리게 흐르는 그리움

교편 잡으셨던 연(緣)으로
노년 생각하여 장만해두신 작은 과수원
하나뿐인 딸 오롯이 맛난 것 먹이려는 일념으로
첫서리 내리기를 기다려
딱딱하고 떫은 감은 아래에 빽빽하게 채워 넣고
그 위에 신문 몇 장 깔고 살포시 얹은 홍시
자연광 마음껏 쬐고 빛깔 좋게 익은 홍시

"엄마, 터졌어. 그래도 맛있어.
　우리 홍시가 세상에서 제일 맛있어.
　엄마, 많이 힘들었지? 고맙습니다."
"그래, 나도 고맙다. 맛있게 먹어."
전화기에서 들려오던 엄마의 애잔한 목소리

작열하던 붉은 태양이
녹엽에 긴 입김 불어넣으면
엄마의 사랑도 익어갑니다.

올해도 곱게 홍시가 물들어갑니다

우족탕

퐁퐁 뽁뽁
쿵 짝짝

가마솥 가득 울려퍼지는
피치카토 폴카 선율

몇 날 며칠 장작불에
본분 다한 구멍 숭숭
우족들

뽀얗게 우러난 사랑
소금 솔솔 딸에게
제일 먼저 건네시는
어머니

남해 여행

망설였습니다
함께 해도 되는
여행인지
걱정했습니다
헛돌지 않을까

행복했습니다
생전에 단둘이
여행 한번 못했는데
엄마가 남겨주신
외투를 입고
엄마와 함께 한
따뜻한 바람 부는
남해
늦가을

삶의 무게는 얼마일까? 우리는 얼마만큼 삶의 무게를 덜어
내고, 또다시 살아갈 동안 얼마만큼 삶의 무게를 져야 할까?
무겁고 축축한 삶에 공기청정기 같은 시를 마음에 틀어 보아
요.

김보미
1967년 전북 신태인에서 태어나 안양에서 살다가 남편의 고향인
이천에 정착. 이천 의용소방대원 활동. 증포시인회 회원.

사랑국

아직도
나만 바라보고 계실까
울엄마는 좋은 곳에서

항상 바쁘신 엄마는
나를 위해 곰국을
끓여 놓으셨다

송글송글 우러난 국물에
엄마의 사랑 듬뿍
파 올리고

엄마의 등골 양념 쳐서
처묵처묵 싹싹 비우느라
어머니 끼니 생각도 못하던
그 시절 어느덧
추억속에 사무친다

오늘은 엄마가 보고 싶다

눈꽃

그대가 떠나있던 한 해 동안
나를 유혹하던 것들이
너무도 많았습니다

그대가 내 곁을 떠난 후
숱한 유혹과 고통 속에 살았습니다
유혹과 고통이 나를 힘들게 한다는 걸 아는
그대가 내게 올 수 없다는 걸 알면서도
못내 서운함을 감추기 힘들어
그대를 원망한 때도 많았습니다

나를 강하게 유혹하던
붉은 노을이 붉은 나뭇잎들이
갈색으로 바뀌어 바람에 휘날릴 때
나는 설렘을 안고
그대를 기다려 봅니다

내게는 서운할 정도로
차가운 그대지만
손꼽아 기다려 봅니다
하얀 눈꽃송이 되어
한 해 동안 상처 입은 나를
차갑지만 따스히 안아줄 그대를
기다려 봅니다

가을허리

울엄마 허리는 가을허리
저 멀리 고추 따며
저 멀리 콩 터는
울엄마 허리는
가으내 펼 생각이 없나 보다

산천하에 낙엽도 꽃이 되어
수채화 마냥 물드는 가을에도
울엄마 허리는
펴질날이 없는 가을허리

굽이굽이 산등성이 마냥
굽어진 울엄마 허리
이제는 굳어져 일 년 열두 달
가을 꽃이 된 울엄마 허리

딸에게

너와 내가 어떠한 연으로 만나
이리도 애틋할 수 있을까
사람 사는 세상 옷깃만 스쳐도
천년의 연이 있다는데
너와 나는 어떠한 연으로
나의 일부가 되었을까

열 달 배불러 쌓은 연이자
열 달 고통에 몸부림쳐도 미워지지 않는 연이니
어쩌면 너는 나와 연이 되어
이리도 행복을 주는지 알 수가 없네

봄날 꽃같이 내게로 와서
가을 단풍처럼 곱게 나를 물들인 너
이제는 흰 눈 같은 면사포 쓰고
또 다른 연을 만나
다른 봄을 그려줄 수 있다면

영겁에 시간 동안
너의 행복을 위하여
기도할 수 있을 거야

사랑 자판기

당신이 마음 아플 때 나를 이용해 주세요
동전 한 닢 넣어주고 버튼만 눌러 주세요
만약 동전을 날로 먹었을 때는
발로 한번 걷어차 주세요
그럼 당신의 마음을 치유할 수 있는
사랑의 드링크가 나올 것입니다
그럼 당신이 기대어 울 수 있는
든든한 어깨가 나올 것입니다

당신이 사랑을 원할 때 나를 이용해 주세요
동전 한 닢 넣어주고 버튼만 눌러주세요
만약 동전을 날로 먹었을 때는
주인을 불러주세요
나의 주인은 당신입니다
나는 항상 그대 곁에 있는
사랑의 자판기입니다

단풍

백 폭 광목에
바늘 한땀한땀 거닐며
가을을 수놓는다

손만 대면 타들어 갈 듯
너희 모습에 알록달록
아기자기 모여든 노랑이들
사람이 말하는 색감으로
어찌 너희들을 모두 수놓을 수 있을까

닫힌 마음에 빗장을 열어
능성이 넘어오는 붉은 노을과
알록달록 재잘거리며
다가오는 너희를 담아

백 폭 광목에
바늘 한땀한땀 거닐며
가을을 수놓는다

고향을 품고 오다

기차여행에 낮 풍경은
짙은 어둠에 쌓여있던
밤의 느낌과는 사뭇 다른
편안함을 느끼게 한다

어둠속에 한점 빛으로
숨어져 있던 것들이
풍경속에 어우러져
각각에 모습을 드러내고

창밖으로 스쳐 지나는
대지 위에 뿌리내린 생명체들이
저마다 각기 다른 채색으로
들녘과 산하를 색칠하고 있다

한 줄기 햇살이 들어와
내 마음에 무지개를 심는다
그리움으로 피어난다

도시탈출

새벽 기차에 몸을 실었다
목적 없는 여정에
동틀 때 기차에서 내릴 수 있는 곳을 택했다

깊은 어둠 속에 간헐적으로
창 너머 불빛이 스밀 때마다
쓸쓸함이 밀려온다

많지 않은 사람들 속에
행복해 보이는 연인들에 모습도
슬픔으로 다가온다

지금 나에 심장소리는
덜컹거리는 기차소리보다
더욱 크게 내 가슴을 두드린다

어두운 창밖을 바라보면
그대의 얼굴이 그려져
더욱 그립게 만든다

울아들

타향 찾아 떠난 후론
목소리밖에 기억 없는 울아들
잘 생긴 얼굴 본 지 좀 있으면
반백년인가 싶다

남들은 그나마 다행이란다
아들은 다 똥이라는데
울아들은 어떤 똥일까
엄마 리어카라도 탈 수 있는겨

열 달 가득 품어 낳은 아들
언제나 마음 한자리에
거목처럼 우뚝 서있다

사골국물

우리집에 있는
그는
손이 참 많이 가는 편입니다

딱딱하고 무뚝뚝하기만 한
그는
차갑기 그지 없습니다

어르고 달래고 또
어르고 달래야
조금 웃어주는 그입니다

그런 그도
나의 불같은 사랑 앞에는
눈녹듯 뽀얀 속살을
수줍은 듯이 드러냅니다

살다보니 뒤돌아볼 여유가 없었습니다
이만큼 왔다고 되돌아 갈수는 없는데
이만큼이라도 시를 쓸수 있는 여유를 이어가고 싶습니다

오동희
경기이천 출생. 한경대학교 행정학 전공
증포시인회 회원
전)공무원문학회 회원

흉터

잠깐 멈춤에 있습니다

달리던 걸음 잠시 멈추는
측은한 어깨에 더 힘을 빼고
잠시 멈춤선에 있습니다.

고개를 들고
하늘 높이를 담아 보고
가득하게 차오르는 솜털 구름
바람에 흔들리며 밀려가는

흉터로 가득한 한 계절을 보내려 하고 있습니다.

안도

참 많은 걸 생략했구나
삶도 인생도
잦아지는 눈먼 불안에
가엾게 힘을 잃었구나

절뚝거리며 걷는 생은
게으른 이기심
맛없는 생각은
날씨처럼 변덕을 부렸구나

무엇을 덜어냈을까
시간이 내려앉은 침묵
고단한 삶의 모서리
손끝에 달아 둥글어졌구나

생각 위로 또 다른 생각이 겹쳐지면서
말로 다하기 힘든
누군가 먼저 간 길이라
편안을 말했었구나

때

소중한 것을 놓치게 될까
때마다 잡아당겨 혼란하게 하는 조각난 기억
조금씩 비틀어진 삶의 부작용인가
끝내지 못하고 돌아선 삶의 부작용인가
견딤을 디딘 핑계를 대며
참 어리석게 살아냈나 보다
생략한 것이 많은 너는
뜨겁고 벅찼던 모든 걸음과 시간
정직함을 앞세워
소거된 침묵을 걷어낼 때
구석 어디에 굳어있던 무늬 없는 삶
여유 없는 전쟁을 살아냈나 보다

잊히는 시간 속에

인연이 다한 자리에
겹겹이 쌓인 발자국

바람에 쓸려 지워지는
오랜 인연들

한곳에 머무를 수 없는
지독하고 냉정한 길

공간으로 남겨놓아도 좋을
지워진 기억

인연이 오고 가며 남기는 다른 발자국

숨

발끝 들어 소리를 내리고
붙들린 소란이 잠잠한데
한숨이 길게 늘어진다

남겨둔 미련
허기진 굶주림이
배고픈 허상을 일으킨다

시간의 깊이를
무심함의 경계를
마른 눈으로 바라 볼 뿐이다.

곁으로 다가온 바람이 멈출 때
귓가에 남겨진 말들이 징징거리는
형상도 없는 속삭임에
입이 마른 무음에

채우지 못한 빈 공간만 남았다

기억

잠간 깨달음은
세월의 시침을 거꾸로 쫓는다

손을 잡고 놓고 반복할 때
발걸음에 꽃비가 내렸던가

녹색으로 그려진
세상을 가로질러 내디딘 한 발
목적지를 오르며 숨 가쁘게
열기로 떨어졌었지

하나를 잃고
둘로 갈라진 시간은
세월이 나를 쫓고 있었는지
내가 세월을 쫓고 있었는지

점점 멀리 떨어져
견고하게 다져진 또 다른 이야기에는
다독임을 외면하는
낯선 그림만이 남아 있었던 건가

소망

마음 내려놓고 돌아서던 날
미농지 닮은 미련이 추근거려
떠나도 떠나지 못하는 발걸음
지켜보는 익숙함을 주었지만
아무것도 할 수 없게
하얗게 쌓아올린 시간은 단정했다

인연이 필연이었는지
이생 인연의 질긴 끈으로 묶여
끌어당기지도 못하고
손끝으로 더듬던 끈적한 마음은
줄다리기하며 애틋하게 변했지

흔들림 없이 한곳만 바라보며
타오르는 열망을 감추고
못내 설움으로 통곡하던
그때를 눈치챘어야 했었는지

심지 없는 가슴에 불꽃 피우며
까맣게 그을린 체념을
멍울진 가슴으로 품었던
시련을 닦아내야만 해

기도의 시간은
조금씩 더디게 흘러가며 굳는데
아련히 흔들리는 사랑의 빛으로
오늘 내 앞에 그대가 서 있네

고장 난 시계

고요를 흔들며 시작을 알리던 너는
무채색 일상을 지켜보면서
숨가쁜 걸음을 종용하는 짓도 서슴지 않더니

아무도 눈치 채지 못한 사이
호흡을 따라가지 못하던 너는
암울한 침묵 속으로 고립된 채

강요된 질주
내려놓을 수 없는 것으로부터
여유를 택한 건 아닐까

초침의 조율이 고집스러움으로
빨리라는 단어와 맞섰을 때
무게를 벗어나고 싶었던 건 아니었겠지

무의식적으로 너를 보며
종종걸음으로 희망을 좇던 나는
느리게, 느리게라도 오늘을 지키는데

의미 잃은 물음표
나직이 숨 고르기를 비로소 한다

촛불

그때부터였어
빛이 작아지고 있다는 것을
잡아 본 거친 손
매듭 매듭 얽히는 힘없는 온기

무심히 보내온 삶
미련은 심지 없는 불꽃이다
모난 돌 깎아 만든 구슬도
험한 세월이 엮은 매듭인 것을

냉가슴에 덕지덕지 쌓이고
삶에 가둬버린 울퉁불퉁한 정
망설이던 뒷걸음질에
백지에 남은 것은 그림자일 뿐

살아오면서 만든 고리
흔적으로 남은 반점 같은 시간도
관계의 순리였는지
완성된 관계의 매듭인지

제삿날

문밖에서 담배 재 터는 소리가 들리는 듯
밤길에 흥얼거리는 콧노래가 들리는 듯
촛불의 그림자가 창호지 문에서 흔들린다

모쪼록 다툼 없이 다가온 세월 맞이하고
맞이해도 좋을 거라고 말씀하며
세월의 의연함을 망연하게 바라보았던
순결한 마음이 한곳에 모여 불꽃이 된다

돌아본 그 옛날 맹약을 믿었던 깊은 심지
묵혀 둔 감정을 포개고 포개어서
수많은 사연들이 엉켜 하얗게 흘러내린다

그날에 전부 묶어두고 떠났던 먼 여행
다시 돌아올 수 있는 오늘이 있어 참 좋다
촛불은 기쁨의 눈물로 환하고
할머니의 눈시울은 오랜만에 뜨겁다

지금 행복하지 않으면 언제 행복할 수 있을까요?
오늘도 소통과 힐링의 시로 행복을 챙겨봅니다.
행복한 시를 쓰니까 더 행복한 일들이 오더라고요.
오늘도 시와 더불어 웃으며 행복하게 살고 있습니다.

이인환
이천시 호법면 단내 출생. 증포시인회 회원.
출판이안 대표. (사)한국강사협회 명강사(184호). 소통과 힐링의
시창작교실 강사. 저서로『소통과 힐링의 시창작교실』, 『기적의 글
쓰기교실』, 제4시집『예쁘고 예쁜 작은 꽃들 피었다』등.

가을의 끝자락에서

저무는 것에 매달리지 않기로 했다
변하는 모든 것들에
상처는 받지 않기로 했다

그럼에도 자꾸 되돌아보는 것은
바로 지금 저무는모든 것들이
다 버릴 수 없는 소중한 재산이기에
챙기고 또 살피는 습관

행복도 습관이라
바로 지금 행복하지 않으면
무엇으로 행복할 수 있겠는가
흩날리는 잎새를 즐길 줄 알아야
닥쳐올 눈보라도 즐길 수 있으리니

우리 서로 다른 것은 많아도
행복한 습관으로 닮았으면 좋겠다
가을은 가을이어서 좋고
겨울은 겨울이어서 좋고

바로 지금 행복했으면 좋겠다
좋게좋게
좋은 습관으로
물들어갔으면 좋겠다

팔딱이는 삶이 그리울 때는

팔딱이는 삶이 그리울 때는
어시장 자리잡은 포구를 찾는다
우리의 행복은
쉬지 않고 팔딱이는
어시장 난장의 별미인지 몰라

끼룩끼룩 포구의
쉬운 먹잇감 맛들인 갈매기들
떼를 이뤄 뭇사람 호객하고
팔딱팔딱
흥정에 물탕을 튀기며
찰나의 인연을 스치는 활어들
이번 생에 사람으로 살아감을
천행으로 알라는 듯
두 눈을 꿈뻑꿈뻑

사람 냄새 풍기는
사람이 그리울 때는
팔딱이는 삶이 펼쳐지는
어시장 자리잡은 포구를 찾는다
우리의 행복은
죽음마저 팔딱이는
어시장 난장의 별미인지 몰라

실수

은은한 달빛이었으면 좋겠다
구름 뒤로 살짝 눈 감아주는
넉넉함이었으면 좋겠다

달빛에 물든 어스름이었으면 좋겠다
그럴 수 있다고 슬며시 스며드는
속삭임이었으면 좋겠다

그대였으면 좋겠다
말 없이 채워주는
그저 그대였으면 좋겠다

대봉 곶감

딸아이가 곶감을 좋아하네요
어머니는 감을 좋아하셨죠
감나무가 겨울을 나지 못해
유독 감이 귀했던 고향
복하천 상류 이천 단내에서
원없이 제대로 익은 감
드셔보는 게 소원이었죠

올해는 대봉이 풍년이라네요
어머니 보고 싶어 틈틈이 사다 깎아
객지에서 자취하는 딸아이
자주 찾아 원없이 먹어보라고
베란다 가득
대봉 곶감 펼쳤습니다

언제든지 오세요 어머니
햇살로라도 오세요
어머니

그냥 행복하면 되는데

부자는 부자 되기를 바라지 않습니다
그냥 부자로 살아갈 뿐입니다

꽃은 꽃길을 바라지 않습니다
그냥 꽃길을 만들 뿐입니다

그냥 행복하면 되는데
우리는 왜 행복하기를 바랄까요

왜 나는?
왜 너는?

알밤처럼

고개를 숙여야 빛나는 별이 있다
발밑을 살펴야 흐뭇한 미소가 있다
가장 빛날 때 미련없이
아래로 아래로
낮은 곳을 챙겨야
옹골지고 넉넉한 생이 있다
우리도
알밤처럼

반바지 네 벌

오십 줄 넘기니 배 나오는 세월보다
고무줄 늘어나는 속도가 훨씬 빨라
늘어진 아랫배 밑으로 아슬아슬
걸쳐있는 묵은 반바지들이
안쓰러워 보였나 보다
세상에나
딸아이들 작심한 듯 아빠 아랫배에
착 달라붙는 팽팽한 고무줄의 반바지
네 벌이나 가뿐히 풀어놓는다

네벌, 결코, 절대로, 전혀,
그 네벌(never)이 아니라
푸짐한 인격이 들어앉은 아랫배
꼭 붙여주는 맞춤형 반바지 네 벌
네벌, 결코, 절대로, 전혀,
잊을 수 없는 반바지 네 벌

배 나오는 세월보다
고무줄 늘어나는 속도보다
훨씬 빠른 딸들의 세세한 마음씨
세상에나 세상에나
써도 써도 마르지 않는
내 행복의 화수분 딸들의 사랑

진짜 시

초중고 입학식 졸업식 한번
제대로 챙겨주지 못한 애비에게
저절로 자란 딸들이
생일이라고 표절이 분명한
시어를 뿌려놓았다

꽃보다 아름다운 우리 아버지
항상 사랑으로 키워주셔서 감사합니다
언제나 건강한 모습으로
저희 곁에 계셔주세요
사랑합니다

표절이면 어떤가
내게는 진짜 시
천년만년 되새길 진짜 시

어찌 함부로 살 수 있겠는가
어찌 맘대로 살 수 있겠는가

시의 향기

사람이 모이는 곳에는
사람을 물들이는
사람의 향기가 있다

내가 떠나지 못하고
네 자리 맴도는 이유다
알잖니 너도
이렇게만 살자 우리

나는 네 향으로
너는 내 향으로
그래 이렇게 우리
진한 사람의 향으로

시향에 취해

저절로 하는 것은 습성에 맡기자
습성으로 하는 것은 남에게 맡기자
남들처럼 하는 것은 팔자에 맡기자

한번 더 돌아보고
한번 더 챙겨보고
한번 더 새겨보고

그래 그래
우리는 이렇게
시향에 취해

있는 것만으로도 행복
만들어서라도 행복
시시로 흠뻑
시향에 취해

3부

누구나 오고 갈 수 있지만
모방할 수 없는 아름다움

들깨밭이 있는 골목
- 단드레 마을1

임규택

골바람이 가로등을 지키고
어둠이 들깨를 키우는 동안
가을밤의 골목은 그림자를 잃어버렸다
알알이 속삭이던 꽃술에 눈이 없어
인적은 빛을 버리고 소리를 안았으니
귀뚜리울음 더하여
묵은 귀 더듬이가
별에 기대어 깻묵 덩어리를 헤아리고 있다
이랑 속에 한 해를 묻었던 내리사랑
하얀 꽃 송이송이 깨알같이 거두어
한 꺼풀 더 접힌 주름
도리깨 넓적 미소가 고소한 시골버스에 오른다.

빨간 우체통
- 단드레 마을2

임규택

너를 바라보면
나의 젊은 날이 달려온다
자스민 향기 묻혀 돌아올
분홍 봉투 편지 한 통을 쥐고
신작로를 서성이던 날이
행복한 산책길이었다
이마 끝에 붙은 혓바닥을 밀고
너의 뱃속에
내 마음 타고 남은 재를 붓고 돌아오는 날
뻐꾸기는 낮에도 울었다
저미는 가슴,
빨갛게 달구어진 포옹의 박동소리
호젓하게 품어주던 너는
인터넷 속도에 밀려
감성과 풍경을 잃고 붙박이 포졸이 되어
파출소를 지키며 서 있구나.

아들딸이 오는 날
- 단드레 마을3

임규택

못비가 오다 서다 하는 숲에서
오월을 훔쳐보는
뻐꾸기의 기별이 내려선다
괭하게 씻긴 유리창 너머
녹야에 쪼그려 앉은 치맛자락
기다림은
호미 끝으로 길을 내려는데
쓰지 않고도 드러내고 싶은
시인의 눈 속에
희끗희끗 나부끼는 어미의 마중이 아리다
아들딸이 오는 날
연흔 같은 살가운 만남은
한 오라기 날금을 걸어놓고
또 한 번
봄이 왔나 싶게 갈 터이니
떨어질 힘조차 아픈 시간들이 꽃밭에 진다.

백사면 자전거길에는

智蓮 김경희

비닐로 나란히 줄 맞추어 지은
채소를 키우는 단지를 지나
잔뜩 곧추선 오르막을 만나는데

지레 겁낼 필요는 없지
살아오는 동안
한두 번 맞닥뜨리던 건 아니니까

자전거 도로에 도착했어
명품 쌀을 순산하기 위해
낮밤을 품고 있는 청춘과 눈 맞춤하고
예쁜 쉼터에서는
형형색색으로 장식된 바람개비도 만나고
길 양쪽으로
갈대가 군락을 이루는 숲이 있고
징검다리 놓인 곳에서는
맑은 물이 폭포 소리를 내고

누구나 오고 갈 수 있지만
인공적으로
모방할 수 없는 아름다움이 있지

이천 관고시장

智蓮 김경희

목소리가 고공행진하고
분주한 눈망울과 다다닥 걸음 옮기는 소리
장 보는 이나, 상인이나
빠른 장조로 자연스럽게 화음이 가락을 타고

끝자리 수 2일, 7일은 이천 장날
전통 관고시장 중심으로
물건을 실은 트럭들이 빼곡히 들어서고
깐 쪽파, 콩, 늙은 호박
맨바닥에 농산물 좌판을 펼친 이들 사이로
날선 겨울바람도 끼어들어 흥정을 하고

바나나 한 송이, 모락모락 김 나는 두부 한 모, 쫄깃한 수제
만두피, 사람들 많이 모여 웅성거려 힐끔 들여다본 빵집에서
한 봉지에 3천 원, 두 봉지에는 5천 원 외치는 소리에
카스텔라 두 봉지 구입하고

길 건너 NC백화점에서 겨울용 스카프 담아온
하얀 쇼핑백
시장표 까만색 비닐봉지 주렁주렁
관고시장에 단골 한사람 늘었다면서

이천터미널에서

智蓮 김경희

온다는 기다림은 언제나 달콤하지

일방적 그리움이란 편도의 선이 그려낸
무의식이라도 내일이 없다는 것
그리다가 화석화된 무채색이랄까

오고 간다는 것은 합리적 희망이야
결코 올 수 없는 이를 기다린다는 건
무정의 불협화음일 테고

그녀의 기다림은 언제나 옳았어

돌아온다는 단순한 순환이
지루하지 않았을 몇 광년 동안
몇 대의 시내버스가 지나갔을 터이고
곧 만날 것이라는 믿음으로
의식 반복했을 거야

옛적 장소에 단지 머무른다는 것
그녀와 일직선으로 연결하고는
내 기다림은 전혀 옳지 않음을

암묵적 불규칙으로
돌아올 그 녀석을 태운
시외버스는
웃음을 까맣게 껴안은 채 떠나고
그 어미, 그 딸
1초 전 해맑음을 그저 먹먹하게 품는다

도드람산

智蓮 김경희

태어나고 자란 내 고장의 이야기는
동화 같지

349m의 바위가 많은 산

돼지를 돝으로도 부르던 때
전설로 내려오는 효자 이야기 속에는
병든 어머니 약초를 구하려다가
밧줄이 끊어질 위기에서 돼지가 울음소리를 내어
효자의 목숨을 살렸다고

돝 울음이 도드람으로 바뀌었다네

초등학교 시절
단골 소풍지였던 돌 산
곳곳에 꼭꼭 숨겨 놓았던 보물 쪽지 찾 듯
아직도 생생한 추억 보따리
자랑으로 오래도록 남기고 싶어

기억할 거야
듣고, 또, 들어도 마냥 귀 쫑긋 세우던
도드람산 효자 이야기
어머니의 다정한 목소리

이천 장날

智蓮 김경희

잔잔한 바람이 쉴 새 없이 불던 집
서울에서 직장 생활하던 큰언니
틈새 없이 여문 보름달처럼
혼기 가득 채워 결혼 날짜 정해 놓고
열네 살 터울 지는 동생에게
읍내 목욕탕을 가자고

그날이 이천 장날이었어

빼곡한 사람 사이 비집고 들어간
장터 음식점
뽀얀 곰탕 맛에 열네 살 아이는
헤어나질 못했어

'조그만 아이가 많이도 먹네'
주변 사람 의식해서 남긴 국물
혀끝에 맴돌아
소문 맛집 찾아보지만

이천 장날 날짜는
2일, 7일 그대로건만
잊힐 리 없는 곰탕맛은 여전히 생생한데
달아난 시간은 돌아올 줄 모른다네

설봉산 꽃비

안인선

이리저리 어딜 봐도
온통 핑크빛 꽃잎에 파묻혀
세상 시름 잊을 때
시샘하듯
바람이 꽃잎을 흔들고 지나간다

설봉산에 눈처럼 날리는 꽃잎을
손으로 받으며 환호한다
꽃비다아

바람이 아무리 불어도
코로나가 아무리 기승을 부려도
꽃비다아
꽃길이다

관고전통시장 떡볶이

안인선

이천 중앙통을 쭉 올라가면
야채가게 아저씨 생선가게 총각들
정겹게 손님을 부른다

튀김 냄새에 이끌려 가고 보니
외국인도 줄이 길다
한참을 기다려
떡볶이 한 접시 시켜놓고
오뎅 국물 한 컵 훅 들이킨다
눈물 찔끔 나게
찡한 매콤 달달한 맛

코로나에도
떡볶이집은 사람들이 북적인다
사람 잡는 매력이 있다

이천터미널

안인선

삶의 애환만큼 짐가방의 크기도 다르다
교통의 요지로 알려져 아파트 분양도 완판이다
퇴직 후 쌀국수집을 경영했던 노부부의 국물맛
자주 가니 숙주도 후하게 얹어준다
지하의 수선집 아주머니는 몇 십 년이나 되었지만
저렴한 가격으로 한결 같다
친절한 김밥집 아이스크림집은 항상 북적인다
과일집 아주머니 단골들의 짐도 맡아주고
덤도 넉넉히 주는 인정 많은 분이다

화장실 휴지를 갖고 가지 말라는 안내문에
웃음이 나지만 사람 사는 냄새가 난다
겨울엔 조개탄 난로에 나그네들 언 맘 녹여주고
한여름 햇빛 피해 들어온 이들에겐 천장에 매달려 있는
대형 잠자리 선풍기가 땀을 씻어준다

몇 분 단골 어르신도 있다
사탕 몇 개로 인사를 한다
그들의 수다에 이천 소식이 풍부해진다
외국인들도 많다
만나면 반가운 듯 그들의 언어가 울려퍼진다

꿈을 안고 왔다 떠나가는 사람들
시끌시끌 코로나 이전의 일상으로 돌아가
꿈을 이루는 이별이 되고 희망의 기다림이 있는
터미널로 회복되기를 기대하며
오늘도 여전히 떠나는 사람과
돌아오는 사람들로 활기가 넘친다

성호호수 연꽃

안인선

연꽃을 보러 간 날은 유난히 더웠으나
연잎 하나 땡볕에 항복하지 않고
굵은 땀 흘리는 우리와 하나가 되어
성호호수군락지 걸음걸음에 평온함이 흐른다

키다리 메타쉐콰이어 사이에 있는 쉼터에서
한숨 거르고 연잎 하나 꺾어 양산으로 쓸까
우산으로 동심을 나르고
연밥으로 시장기 채워 나물로
입맛 새롭게 몸과 마음을 치료하는
누구도 넘보지 못하는
진흙 속의 보화 가득

진흙탕에 빠지지 않고는 꺾을 수 없는
그 어느 것도 허락지 않는
진흙 속에는
그들만의 때 묻지 않은 지조가 살아 있다
그동안 잘 살아온 우리처럼

안흥지 온천

송명순

바람이 찬겨울을 불러 오는 날
온천배미에서 수증기 피어 오르고
따뜻한 물에 발을 담구니
구만리뜰 품어안은 안흥지 온천수라

세탁기 없고 수도도 없어
웅덩이 고인 찬 물에
빨래하던 시절
온천수 따뜻한 물에
때가 쏙 빠지고
깨끗한 옷 되는 요술 부린
우리의 빨래터였지

그때는 그랬지

내 친구 정원이

송명순

학교에서 시험지 채점하고
늦은 시간 우린 집을 향해간다
진반 반장 선반 반장
둘이서 손을 맞잡고
설봉산 자락에 접어든다
주변은 적막하고
무서움이 살짝 드는 초저녁이다

개구리 소리 들으며 논길을 걷고
개울을 건너 설봉산에 이를 때면
이름 모를 새들이 밤길을 밝힌다

설봉산 영월암 아래 계곡 끼고 있는
산속 두 채 중 한 채가 정원이네집이다
고개를 숙여야만 들어갈 수 있는 작은 집이다

들어가라고 손짓하고 내려오면
어느새 뒤따라와 내 손 잡고
설봉산 아랫 마을 관고리
하숙집까지 같이 온 친구
오르락 내리락하다
결국엔 중간에서 헤어져
각자 집으로 향한다

60년이 지난 지금도
우린 그 추억에 물들어
남은 생을 아름답게 수놓고 있다

내가 사는 곳

엄성순

이천에 연고는 있나?
아니오.
그러면 어떻게 하려고 연고도 없으면서
이천은 깡패도 많다던데 그래도 괜찮겠어?
네, 이천에서 한번 영업을 해보고 싶습니다.
허, 그래?
사업단장님은 새 천 년 시작되기 전에
이천으로 인사 발령을 내주셨다.

발령을 받고 와보니 온천이 있어
물이 좋아서인지 미인들이 많았다
피부가 맑고 고왔다
이천은 도자기의 고장이고
설봉산의 단풍은 너무 아름다웠다

봄이면 유난히 노오란 산수유가 골산을 이루고
설봉산 꾀꼬리는 꾀꼴꾀꼴
꿈에 부푼 나는
새로운 둥지를 틀었다
설봉골 아래 정 많은
사람들에게 슬며시 물들어갔다

애련정

등하굣길 지나던 방죽지
칠순 넘긴 나이에
이제 와 둘렛길을 거닌다

수양버들 늘어짐이 한가로운 애련정
왕들이 행차길에 들리던 그곳
옛 시객들 풍류소리 들리는 듯 마는 듯

그 풍류 이어받기 위해서
잘 가꿔놓은 벚꽃길 단풍길
그 속에서 함박 미소 지으면
행복을 가꾸는 이들

지금도
옹기종기 동아리 모여
선조들 숨결에 귀기울인다

아버지가 그리울 때

이명희

병상의 긴 시간 힘들어 하실 때
햇살 좋은 날 설봉공원으로 모셨다
호수에 잠긴 하늘
벚꽃 만발한 공원을 바라보며
웅크렸던 가슴을 편다

아버지 앉으셨던 자리
생전의 모습 사진으로 남겨
형제들에게 보냈다

언제나 호숫가를 걸으며
그 자리에 가면
여전히 먼저 와 기다리시는 아버지

아버지가
그리울 땐
설봉공원으로 간다

코스모스처럼

이연옥

연일 폭포수같이 쏟아낸 하늘은
모처럼 제 모습을 드러냈다
미세먼지 하나 없는 맑은 하늘 아래
친구랑 복하천 코스모스길 돌아보고
온천공원 족욕탕에 발을 담그니
그제서야 사방을 둘러본다

설봉산이 바로 앞에 투명하게 보인다
산 아래 옹기종기 모여 있는 아파트와 집들이
맑은 햇살에 더욱 반짝반짝 빛난다
저 뭉게구름 흘러가듯 우리네 애환도 흘러 흘러간다
모두가 어우러져 사는 삶
아, 시원해 살랑살랑 부는 바람
아, 따뜻해 내 발이 오늘은 호강하네
비 온 후에 더 굳어진 발을 단단히
세우며 푸르게 푸르게

친구야 모든 길이 꽃길이다

이연옥

칠십이 넘어
머리카락이 성성한 나이라도
어쩔 수 없는 여인인 것을

호법 코스모스 꽃길에선 탄성이 나온다 나이를 먹어도 어쩔
수 없는 소녀가 된다 서로 사진을 찍어주며 얼굴을 꽃 속에
담아보기도 하며 가을 태양빛에 뜨거움도 잊고 코스모스 사
랑에 빠졌다 끝없이 펼쳐진 꽃길에서 친구야 우리 남은 생은
코스모스처럼 바람이 흔들면 흔들리는 대로 그렇게 꺾이지
말고 쓰러지지도 말고 꿋꿋하게 가자꾸나

친구야
꽃길은 우리가 만드는 거야
꽃길을 걸으면 모든 게 꽃길이잖니

서경들마을

이연옥

황금빛으로 익어가는 들녘에
아름답게 피어나는
나의 행복한 여생

고구마 캐기 체험은 어머니의 거친 손이었고 떡메치기로 얻
은 인절미는 고향의 정과 맛 조랑말과 염소 거위 오리 청둥
오리 닭 강아지 망아지 고양이 토끼 그 중에 지능이 높은 돼
지 쇼 돼지 다 돼지 내장에서부터 털까지 180여 가지를 우리
에게 준다니 이웃들과 함께 한 증포주민자치 체험 여행에 마
음 따뜻함이 전해진다

이천의 서경들마을
호수와 계곡 산이 어우러진
아름다운 고장

가을 풍경

이연옥

우리네 시장에
가을은 정도 영글어간다

김장철 속이 노오란 최씨네 배추며 쪼그려 앉은 할머니의 달
랑무 골라골라 젓갈류 뜨내기 상인들의 팔도 사투리 팔려는
사람 사려는 사람 오일장은 사람 향기가 난다 삶의 냄새가
난다 늦가을에 맛보는 김장과 수육 단감과 대봉 사과와 배
감귤도 풍성히

우리네
정이 넘치는
관고전통시장에도 가을이 익는다

애련정 회고

차애진

연못 한가운데 서 있는 팔각정과 능수버들 겨울에는 얼음이 꽁꽁 얼어 동네 아이들이 썰매를 타며 와글와글 신나게 놀던 곳 우리 남편은 군대에서 배웠다며 발스케이트를 신고 폼 잡으며 뒤뚱뒤뚱 우리집 꼬마들은 송판에 꼬챙이를 박아서 만든 썰매를 타느라 손이 꽁꽁 집에 안 가겠다고 칭얼칭얼

애련정에 조그만 연못 여름에는 낚시꾼들 모여 세월을 잡는 걸까? 한쪽에는 연잎이 너울너울 무성하게 어우러져 드문드문 연꽃이 피어 있는데 동내 아재가 연꽃을 꺾겠다고 들어갔는데 갑자기 허우적허우적 낚시꾼들이 달려와 손잡고 건져주었는데 그 아재는 이곳을 기억하고 있을까?

넓적한 연잎에 은구슬 한가득 머금고 청개구리 한 마리 머리에 이고 쓰러질 듯 쓰러질 듯 무엇을 숨기려고 서 있는 걸까? 낚시꾼들로부터 물고기를 숨겨 주려는 걸까? 사람들이 탐내는 자신의 뿌리를 숨기고 싶은 걸까? 시부모와 줄줄이 딸린 자식들 몰래 초가삼간 부부들처럼 예쁜 연꽃 한 송이를 피우려고 그랬나 보다

우리 동네 족욕탕 수다방

차애진

우리 동네 온천공원엔 시에서 만들어준 족욕탕이 있다. 동네 주민들의 운동과 휴식을 즐기는 곳, 오늘도 천천히 공원에 올라 갈산동과 안홍동을 이어주는 구름다리를 건너 와 족욕탕에 발을 담근다. 먼저 온 할머니도 발을 담그고 팔십 평생 고생했는데 이런 시간도 있구려 중얼중얼 나를 반긴다. 어린 나이에 가난한 집에 시집 와 보리방아 찧어서 대식구 먹이고 겨울엔 뚱뚱 부은 손으로 생선 장사하며 육남매 낳아 기르며 정신없이 살다 보니 젊음은 가고 몸은 늙고 병들어 밤잠을 설친다신다. 그러나 자식들 모두 무탈하여 걱정은 없다시며 지금은 혼자 살지만 먹을 것도 풍부하고 시간도 많아 이런 호강을 한다신다.

어느덧 지팡이에 의지하며 다리를 절뚝거리며 다가와 가쁜 숨을 몰아쉬는 할머니 자리를 잡고 앉으신다. 가지고 간 물 한잔 드리니 시원하시다며 발을 족욕탕에 담그며 이야기가 시작된다. 공무원 남편과 두 아들 다복했는데 큰아들 결혼하고도 직업이 없어 며느리가 노력하여 조그만 집을 장만했다더니 요즘 컴퓨터 신종 놀음에 빠져 집도 날아가 버렸단다. 작은아들은 성실한데 몸이 허약해 걱정이라시네. 지금은 남편과 연금 받아 살고 있는데 무릎이 아파 두 번이나 수술을 하고 고생한다며 족욕하려고 힘들게 올라왔다고 한다.

두 할머니 이야기를 들으면서 얼마나 외로웠으면 처음 보는 이에게 속내를 다 드러낼까 생각하며 서산을 곱게 물들이는 석양을 바라보며 황혼 열차야 천천히 천천히 가자며 되뇌어 본다.

이천터미널 애환

차애진

그때는 소매치기들이 많았는데
지금은 좋아져서 다행

대합실이 시끌시끌 저쪽엔 잔치집에서 술한잔 거하게 하고 홍풀이 하다가 차를 놓치고 매표실에 화풀이를 하네 요쪽엔 병아리 쫄병이 고향 가는 차표 사려다 주머니를 만지며 멍하니 서 있네 차비와 휴가증이 없어졌다고 동동 걱정 한아름 안고 버스에서 내린 엄마 첫 휴가의 반가움에 얼싸안고 얼굴을 부빈다 겁이 나니까 부모님께 연락한 듯 외동아들 휴가 온다고 온갖 음식 장만하다가 놀래서 달려 왔다네 마침 군생활 중이던 우리 큰아들 외출 나왔는데 직급은 공군 헌병 보기 딱하여 상황 설명하고 도움을 줄 수 있으면 도와주라 했더니 몇 가지 질문과 전화로 대충 마무리 짓고 부모님과 그 쫄병 안도하며 버스에 올라 감사에 손을 흔드네 저녁 때 청소 직원이 화장실 청소하다가 지갑을 주어 왔는데 그 쫄병의 것 돈만 꺼내고 버린 지갑 군인이 얼마나 있을 거라고 그런 짓을 할까 생각하니 가슴이 아파 며칠 후 찾아오라고 연락해서 지갑을 돌려주니 활짝 웃으면서 떠나가는 병아리의 첫휴가

지금은 보안이 좋아
소매치기란
옛말이 되어서 다행

갈산동에서

고향 떠나 자리 잡은 둥지 하나
낯선 외지인으로 와
아픈 눈물 닦아주고
시린 마음 보듬어 주는
엄마 없는 또다른 나의 고향

내 엄마 보고 싶어 목메이려 하면
그 길 따라 뻗어 있는
왁자직한 벗들의 소리

한낮 뜨거운 태양 아래
쓰러져 있는 아파트 그늘도
이제는 제법 정겹다

둥지에서 깨어난 새끼들도
큰 길 따라 다른 고향 찾아 떠나가고
동네 개 짖는 소리만 쩌렁쩌렁 하여도
내 발길 가볍게 디딜 수 있는
정든 거리 거리

온천배미에 봄이

오동희

사계절의 꿈을 나르는
잔등 너머 구만리뜰
스치는 바람이 훈기를 품어 나른다

햇볕이 고이는 온천배미
애련정에 머무르다가
모난 연못에 붉은 연꽃 가득 심어
한가한 때 다시 들러
천천히 거닐기를
정자 아래 애련히 화답 받은 온천

아름다운 나무가
서로 비춰 둘러 있고
수양버들 연푸른 잎새
빗줄기 머금은 실바람에 봄꽃이 짙어지는

조용한 온천
기억이 도망치듯
기억 뒤로 사라지는 우리의 생이
가라앉은 시간만큼 흐르고 있다

어디선가 날라온 벚꽃잎이 시야를 갈라놓는다

복하천 자전거길

이인환

내게도 이런 곳 하나 있으니 좋다
퍽퍽한 삶을 달래고 싶을 때마다
새벽마다 목을 축이듯
가슴을 적시는 해돋이의 희열
때로는 치열하고
더러는 한가하고 여유로운 한낮의
철새와 텃새가 수놓는
뭇 삶에 슬며시 젖어
생의 원기를 채워주는
어머니의 젖줄 같은
이런 곳 하나 곁에 있으니 좋다

달리기 위한 달리기가 아니라
퍽퍽한 삶을 달래기 위한 달리기
갈대와 억새 숲에 물드는
이런 곳 하나 있으니 정말 좋다

196

복하천 안갯길

이인환

나의 존재가 의심스러울 때
가끔씩 안개가 지독한
복하천을 걸어봅니다

모든 게
나 중심이라는 것을
일깨워주는 그 길을

당신은 어떠신가요?
우리 함께 걸어봐요
우리 중심으로
펼쳐주는 그 길이
우리의 꽃길이잖아요

행복입니다
소통과 힐링의 시는

이인환(시인)

1. 소통과 힐링의 시는 행복입니다

먼저 온몸에 힘을 빼고 편하게 앉아 봅니다. 호흡도 편하게 한 상태에서 살짝 눈을 감고 '지금까지 살아오면서 가장 행복한 순간'을 떠올리며 그림처럼 생생하게 펼쳐봅니다. 1분 이상 그 상태를 유지하면서 마음의 눈으로 슬며시 자신의 표정과 몸을 살펴봅니다. 잠시 후 그 상태를 유지하며 살며시 눈을 뜨고 몸과 마음을 점검해 봅니다.

이제 다시 한번 온몸에 힘을 빼고 편한 자세를 취해봅니다. 호흡도 편하게 한 상태에서 살짝 눈을 감고 아까와 반대로 '지금까지 살아오면서 가장 불행한 순간'을 떠올리며 그림처럼 생생하게 펼쳐봅니다. 1분 이상 그 상태를 유지하면서 마음의 눈으로 슬며시 자신의 표정과 몸을 살펴봅니다. 그리고 살며시 눈을 뜨고 몸과 마음의 상태를 점검해 봅니다.

어떠신가요?
'가장 행복한 순간'을 떠올릴 때와 '가장 불행한 순간'을 떠올릴 때의 차이를 느끼셨나요? 둘 중에 하나를 선택해야 할 갈림길에 섰다면 어느 쪽을 선택하실 건가요?
가만히 생각해 봅니다.

두뇌학자들은 말합니다. 인간의 두뇌는 무궁무진한 힘을 가지고 있는데, 그 중에 하나가 간절하게 원하는 것을 끌어 당기는 힘을 갖고 있다고. 이런 힘을 잘 아는 사람들은 무슨 일을 계획했으면 먼저 자리에 앉아 생각으로 그 일을 이루는 과정이나 이루었을 때의 일을 생생하게 그려보는 이미지 트레이닝을 중요하게 여깁니다. 이들은 머릿속으로 이루고자 하는 것을 상상하며 구체적으로 생생하게 그려보는 행위가 두뇌를 자극해서 실제로 그 일을 꼭 이루게 해준다는 경험담을 들려주면서 이미지 트레이닝의 힘을 증명해 내고 있습니다.

　행복해서 시를 쓰는 게 아니라
　행복한 시를 쓰니까 더 행복한 일이 생기더라.

　'소통과 힐링의 시'는 자신과 가까운 가족이나 이웃들을 행복하게 하는 내용을 주로 씁니다. 시를 쓰는 순간부터 두뇌에는 행복한 그림으로 채워지고, 시를 쓰고 난 후에도 그 기운이 충만함을 느끼게 됩니다. 그 시를 읽은 가족이나 이웃들이 행복해 하며 들려주는 긍정적 피드백을 들으며 힐링도 하며 행복한 일을 더 만들어 갑니다. 그러다 보니 시를 생각할 때마다 행복한 일을 구체적으로 떠올리며 이미지 트레이닝을 하는 효과를 얻게 됩니다.
　'소통과 힐링의 시'가 행복인 이유입니다. 행복한 일상을 시로 옮기면서 매번 긍정적인 이미지로 머릿속의 뇌파를 채우고, 그 긍정적인 뇌파가 실제로 행복한 일을 끌어다 주는 것입니다. 행복한 시를 쓰니까 행복한 일이 더 생기는 행복한 삶을 펼쳐나가게 되는 것입니다.

2. 왜 소통과 힐링의 시인가?

가만히 생각해 봅니다. 내가 시를 쓰면 과연 내 시를 읽어줄 사람이 누구일까요? 시집을 발간했을 때 누가 과연 내 시집에 관심을 갖고 끝까지 읽어줄까요? 유명시인이라면 몰라도 대다수의 시인들은 자신과 가장 가까운 가족과 이웃들이 독자로 한정될 뿐입니다. 즉 나와 관계가 없는 사람들은 내 시에 관심도 가져주지 않는 것이 현실입니다. 현실이 이런데 나는 지금 누구를 위한 시를 쓰고 있나요? 지금은 그 어느 때보다 내가 시를 쓰면 관심을 갖고 읽어줄 가족이나 이웃들을 위한 '소통과 힐링의 시'가 필요한 시대입니다.

예전에는 소위 '무명씨'들의 시가 더 많았습니다. 공자가 "시 삼백 편을 한마디로 말한다면 생각의 거짓이 없다"며 제자들에게 시를 배워야 한다며 편찬한 『시경(詩經)』에 수록된 시들은 거의 다 '무명씨'들의 작품입니다. 여기에는 즐거움을 주는 솔직하고 적나라한 연애시, 타락한 관리들의 현실을 비판하는 풍자시, 가난과 전쟁, 신분 차이에서 오는 소외감을 토로한 시들로 채워져 있습니다. 사회현실을 제대로 알려면 꼭 필요한 시들입니다. 그런데 왜 이것들은 거의 다 '무명씨'의 작품들일까요?

이쯤에서 우리는 글이 갖는 책임에 초점을 맞춰 그 이유를 살펴볼 필요가 있습니다. 말은 한자리에 모인 사람들과 소통을 목적으로 이뤄지고 있습니다. 따라서 말하는 이는 그 자리에 맞는 자신의 지위, 그리고 모인 사람들의 성향과 분위기에 맞춰 말을 하게 됩니다. 그 자리에 있는 사람들이 호응하고 좋아하면 그것으로 충분히 효과를 누릴 수 있습니다. 얼마든지 솔직하고 적나라한 연애사를 말할 수 있고, 부패한 관리를 비판할 수도 있고, 사회현실을 부정적으로 말할 수도 있습니다. 그 자리에 있는 사람들이 공감만 하면 그 책임으로부터 벗어날 확률도 높습니다.

하지만 글은 다릅니다. 글은 그 자리에 없는 이도 접할 수 있기에 그 글에 대한 책임이 더욱 커집니다. 글쓰기 치유가 대중적으로 뿌리를 내리지 못하는 이유가 여기에 있습니다. 글로 속내를 솔직히 표현하는 것이 내면의 상처를 치유하는 데 효과가 있다는 것은 알았지만, 그로 인해 생기는 역효과가 더 크다는 사실을 몰랐기 때문입니다.

상처를 드러냈더니 더 큰 상처가 돌아오고,
자랑을 드러냈더니 시기질투가 돌아오더라.

유명작가라면 일반 독자층이 형성되어서 상처를 드러내도 "인간미가 있다"는 말로 포장될 수가 있습니다. 하지만 무명작가는 독자층이 가족이나 가까운 이웃들로 한정될 수밖에 없기에, 아무리 좋은 의도로 드러낸 상처라도 그 상처와 관련된 사람이 글을 읽게 되면 "네가 이럴 수 있어?"라며 더 큰 상처를 줄 수 있습니다.

무명작가는 '무명씨'와 다릅니다. '무명씨'처럼 자신의 이름을 감추고 발표할 글이 아니라면 반드시 누구보다 먼저 자신의 글에 관심을 갖고 읽어줄 가족이나 가까운 이웃들이 배려하는 글을 써야 합니다. 그럼에도 자신의 속내를 있는 그대로 드러내고 싶다면 '무명씨'처럼 이름을 감추어서 자신의 글로 인해 자신에게 되돌아올 책임과 피해를 방지할 수 있는 대책을 세워야 합니다. 시는 '무명씨'처럼 솔직하고 적나라하게 쓰고, 효과는 유명시인의 인기처럼 얻고 싶다면 당장 헛된 꿈에서 깨어나야 합니다.

시를 쓰는 목적이 무엇인가요? 행복한 삶을 살기 위함이 아니던가요? 그렇다면 지금 당장 행복한 시를 써야 합니다. 내 시의 일차독자인 가족이나 가까운 이웃들에게 행복한 이야기로 소통하는 시, 그리고 그 시를 통해 더불어 힐링하는 시, 바로 소통과 힐링의 시로 행복한 일상을 펼쳐나가야 합니다.

3. 어떻게 소통과 힐링의 시를 펼칠 것인가?

무엇보다 먼저 시를 소통의 도구로 활용하겠다는 마음으로 가족과 가까운 이웃들을 독자로 상정해야 합니다. 그러면 내 글을 가장 관심있게 읽어줄 독자인 가족과 가까운 이웃들을 배려하게 되고, 그들이 좋아할 이야기를 쓰게 됩니다. 그것이 습관으로 자리 잡으면 시를 쓸 때만이라도 행복한 이미지를 뇌파에 새기는 이미지 트레이닝을 하는 것으로 행복한 일들을 더욱 불러들이면서 행복한 삶을 살게 되는 것입니다.

아울러 시의 네 가지 구성요소에 대한 이해를 분명히 해야 합니다. 시가 갖추어야 할 요소에는 크게 네 가지가 있습니다.

　첫째는 메타포입니다. 우리말로 비유와 상징이라고도 하는데, 여기에서는 편의상 메타포로 쓰겠습니다. 메타포는 추상적인 개념을 구체적인 사물에 빗대어 그림처럼 이해하기 쉽게 표현하는 기법입니다. 예를 들어 '내 마음은 넓고 잔잔하다'라는 표현보다 '내 마음은 호수요'라는 표현이 더 다가오는 것은 '마음'이라는 추상적인 개념을 '호수'라는 구체적인 사물로 빗대어 그려주었기 때문입니다. 지금은 시의 창작과 향유의 주체가 늘어나면서 메타포 활용에 어려움을 겪는 경우가 많습니다. 웬만한 메타포는 기존 시인들이 다 활용했기에 똑같은 표현을 썼다가는 모방이나 표절이라는 평가에서 벗어날 수 없기 때문입니다. 독창적인 자신만의 시를 쓰고 싶다면 메타포에 큰 힘을 쏟아야 합니다.

　둘째는 메시지입니다. 우리말로 주제라고 하는데, 메시지가 분명하지 않은 글은 수다나 넋두리에 불과합니다. 1920년대 계급문학과 1960년대 참여시, 1980년대 민중시와 노동시들은 메시지를 중요하게 여겼는데, 감성을 울려야 하는 시의 미적 완성도를 떨어뜨렸다는 비판을 받기도 합니다. 요즘 들어 직설적으로 메시지를 드러내는 시를 양산하는 이들이 많은데 시의 완성도를 위해서 반드시 새겨봐야 할 문제입니다. 메시지는 직설적으로 드러내는 것보다 메타포를 활용해서 간접적으로 드러내는 것이 더 큰 효과를 주기 때문입니다.

　셋째는 리듬입니다. 우리말로 운율, 또는 가락이라고 합니다. 예전에는 운율을 엄격하게 지켰는데, 현대시에서는 예전에 비해 관대한 편입니다. 일정 글자수과 행과 연을 가르면 운율은 쉽게 형성되기에 여기에서는 중요하게 다루지 않겠습니다.

넷째는 이미지입니다. 우리말로 심상이라고 합니다. 메타포에서 언급했듯이 이미지는 주로 메타포로 형성됩니다. 1930년대 모더니즘 시인들처럼 이미지를 중요하게 여기는 시인들은 지금도 **빼어난** 언어적 기교를 구사하고 있습니다. 메타포를 활용한 이미지를 통해 강력한 메시지를 드러내는 기법에 신경을 써야 합니다.

시가 갖춰야 할 4대 요소

1. 핵심요소 : 메타포 = 비유와 상징
2. 의미적 요소 : 메시지 = 주제
3. 음악적 요소 : 리듬 = 운율, 가락
4. 회화적 요소 : 이미지 = 심상

예전에는 시를 창작하고 향유하는 주체가 글을 읽고 쓸 줄 아는 소수의 계층에 불과했습니다. '무명씨'의 이름으로 전해진 작품들은 시라기보다 입으로 전해진 노래입니다. 그것이 시로 자리잡은 것은 글을 읽고 쓸 줄 아는 이들이 기록으로 옮겨놓았을 때부터라고 볼 수 있습니다. 이때 '무명씨'의 시들은 그것을 기록한 이들의 선별을 거친 작품들입니다. 결국 시를 향유했던 소수의 계층의 의도가 반영된 작품들입니다. 이 작품들은 대개 해설이 붙어 있어서 조금만 노력을 기울이면 그 시를 이해하는데 큰 어려움이 없습니다.

교과서나 유명인의 이름으로 접하는 시들도 비슷합니다. 불과 50년 전만 해도 시를 창작하고 향유하는 주체는 소수 지식인 계층이었습니다. 지금 그들이 유명시인으로 자리잡게 된 것은 소수의 특권을 누렸기 때문입니다. 고전이나 외국 작품을 먼저 접한 이들이 표현의 기교만 살짝 바꿔도 자신의 창작품으로 발표할 수 있었습니다. 이들의 작품도 해설해주는 이들이 많아 조금만 노력을 기울이면 왜 좋은 시로 평가받는지 살펴볼 수 있습니다.

하지만 지금은 크게 달라졌습니다. 현재 시인으로 등록된 이들만 5만 명에 가깝다는 말이 들릴 정도로 마음만 먹으면 누구나 시를 창작하고 향유할 수 있는 시대입니다. 그러다 보니 시인으로 활동하는 이들 중에도 '시가 갖춰야 할 4대 요소'를 모른 채 교과서나 유명인의 시를 흉내 내는 시를 양산하는 경우가 늘어나고 있습니다.

"시가 너무 어려워. 꼭 이렇게 어렵게 써야만 하나?"
"시가 너무 쉽게 쓰는 것 같아. 이런 걸 시라고 할 수 있나?"

시를 잘 쓰려면 시의 원리와 시만이 갖고 있는 규칙을 먼저 익혀 활용할 줄 알아야 합니다. 시가 너무 어렵다거나 너무 쉽다는 말은 시의 원리와 시만이 갖고 있는 규칙을 제대로 지키지 못했다는 말로 들을 수 있어야 합니다.
시가 너무 어렵다는 말은 메시지와 메타포를 이해할 수 없다는 뜻이기도 합니다. 기존의 시는 시인이나 시에 대한 해설이 있기에 이해할 수 있지만, 무명인의 시는 자신이 설명하지 않으면 이해할 수 없기에 대중의 외면을 받기 마련입니다. 이럴 때는 먼저 메시지 전달과 메타포 활용에 대한 이해를 분명히 하고 독자가 받아들이기 쉽도록 쓸 수 있어야 합니다.

반대로 시가 너무 쉽다는 것은 메타포와 이미지를 활용하지 않고 표현이나 메시지를 직설적으로 표현했다는 뜻이기도 합니다. 시가 행과 연만 가른다고 되는 것이 아니라는 것을 알고 메타포와 이미지, 메시지 전달에 대한 공부를 짚어봐야 합니다.

"내 마음을 솔직하게 표현하는데 뭐가 문제죠?"
"내 마음을 표현하는 건데 남의 눈치를 살펴야 하나요?"

이런 이들은 말과 달리 시는 글로 이뤄진 것이라 그에 따른 책임이 더 크다는 것을 분명히 인식해야 합니다. '무명씨'로 발표할 것이 아니라면 발표에 신중을 기해야 합니다. 그렇지 않으면 시를 쓰면서 행복한 삶보다 상처를 주고, 상처를 받는 불행한 삶을 되풀이할 확률이 높습니다. '무명씨'로 발표할 것이 아니라면 반드시 가까운 이가 일차독자라는 생각을 갖고, 그들과 소통하는 마음으로 시를 써나가야 합니다. 그래야 그들의 마음을 얻어 시를 쓰는 보람도 느낄 수 있고 행복을 추구하는 길로 들어설 수 있습니다.

나오는 글

지난 2월 팬데믹으로 어려운 상황을 겪고 있는 분들께
작지만 따듯한 마음을 나누어 드리고 싶었습니다.

'소통과 힐링의 시창작교실'이란 이름으로 지친 몸과 마음
을 힐링하고 짧은 시창작도 해볼 수 있는 특강을 진행했습니
다. 거리 두기로 인해 인원은 적었지만 학습자들의 맑고 고
운 눈동자들이 모여 '증포시인회'라는 학습 동아리가 탄생하
였고, 이렇게 감사한 시집이 나오게 되었습니다.

증포시인회 탄생과 시집 발간을 진심으로 축하드립니다.
가장 지역적인 문학이 가장 세계적인 문학이라는 말답게 시
집 안에서 증포동의 맛도 보고, 멋도 보고, 꿈도 보았습니다.

평생교육사로 근무하는 저에게 또 다른 배움과 보람을 안
겨주셨습니다. 고맙습니다.

평생학습으로 온 가족, 온 이천 시민에게
일상의 행복 찾아주기로 시작한 한해를
따뜻하게 마무리하게 해주심에 감사드립니다.

증포시인회 작가님들께
온 마음을 다해 박수를 보내드립니다.

2022년 세밑에
증포동 평생교육사 이영주

소통과 힐링의 시29
꽃길은 우리가 만드는 거야

초판 인쇄 2022년 12월 19일
초판 발행 2022년 12월 21일

지은이/ 임규택 김경희 안인선 엄성순 송명순 이연옥
        차애진 이명희 김수연 김보미 오동희 이인환
펴낸곳 출판이안
펴낸이/ 이인환
등 록/ 2010년 제2010-4호
편 집/ 이도경 이정민
주 소/ 경기도 이천시 호법면 단천리 414-6
전 화/ 010-2538-8468
인 쇄/ (주)아르텍
이메일/ yakyeo@hanmail.net

ISBN : 979-11-979987-4-4(03810)
가격 13,000원